猫沢家の一族

猫沢エミ

集英社

目次

初出
集英社ノンフィクション編集部公式サイト「よみタイ」
２０２２年４月〜２０２３年６月
単行本化にあたり、加筆修正を行いました。

猫沢家の一族

第1章 リヴォリ通りの呉服店

2022年2月14日。2匹の猫と共に、再びフランスの地を踏み締めた。16年ぶり、二度目の移住のために。

遡(さかのぼ)ること20年前の2002年。私はフランス語を学ぶために、先代の愛猫ピキを連れて移住し、その後4年間アパルトマンを借りて、パリと東京を行ったり来たりしていた。その一度目の渡仏の直前、母が突然、親戚の話をし始めた。

「遠縁のおじさんで、70年代、パリのど真ん中に呉服店を出した人がいるのよ。商売的には大失敗で大損して帰ってきたらしいんだけど、日本文化を広めたっていう功績で、どこかから表彰を受けたって聞いてるけど」（私の実家と一族は、福島県の白河市で代々呉服店を営んでいる）

なにそれ、ほんと？　初めて聞いた、と思った。けれど、さほど驚きはしなかった。それは、我が〝猫沢家〟の人々がこれまでに繰り広げてきた、数々の嘘みたいな伝説からしてみれば、ごく真っ当な部類に入る話だったからだ。しかし、また思い切ったことをしたものだな、おじ上は……。母の話から、おじが店を出したのは、ルーヴル美術館に面したパリの大動脈、リヴォリ通りだとわかった。70年代、土産物屋が軒を連ねる観光地に、こぢんまりとした店を構えて商売を営んでいるおじの姿を想像してロマンを感じてみたりしながらも、〝猫沢家注意警報〟が脳内で同時発令されていた。

母は、わりとしょっちゅう嘘をついた。いとも簡単に。しかしたいてい、それは見え透いた幼稚な策略だったり、自分のヘマを隠すために使われたりするもので、こうした親戚の又聞きヒストリーを脚色しても、彼女にはなんの得にもならない。したがって、この話はあながち作り話でもないのだろうという結論が、のちにふたりの弟たちとの会話で導き出された。

「うちはフランスと縁があるのねえ」。母は、まるでそのままなこにエッフェル塔でも映っているかのような表情で、ウットリと呟いた。それを聞いた私は「なにがフランスと縁だよ……」と、内心失笑していた。

確かに母はフランス好きだった。若い頃から油彩画を趣味にして、よく絵も描いていた。時々、阿武隈川に架けられた古い赤レンガの鉄橋が見える川辺まで私たちを連れて写生をしに行ったりもした。彼女の寝室には、若い頃にお給料を貯めて買ったというゴッホの《麦畑》の模写がかけられていて、ゴッホの素晴らしさを熱く語っていた。「ゴッホの色使いが好きよ。やっぱりフランス人の感覚は、どこか素敵なのよねえ」。いえ！　ゴッホ、オランダ人なんで！（笑）。確かにフランスで、数々の名画を生み出してはいますけど……という具合に、母のフランス好きは、かなり曖昧な知識に基づいた〝フランス憧れ第一世代〃枠内ではあったのだけど。

ご存じのように、ゴッホは精神障害を抱えた苦難の人生を歩んだ人だが、彼の誕生日、3月30日は祖父の誕生日と同じで、それがずっと気になっていた。というのも、祖父もかなりの精神障害があり、それはゴッホと誕生日が一緒だからなんじゃないかっていう疑念を、子どもの頃から抱いていたから。祖父は、もともと兄が継ぐ予定だった家督を、兄の早逝により継いだ人で、生まれつき精神のバランスが危うい人だった。そこに太平洋戦争の出征が重なって、完全に一線を越えてしまった。とはいえ、孫の私が見ていた彼の奇行は天真爛漫で、どちらかといえば人の笑いを誘う罪のないものが多かった。

家督を継ぐはずだった祖父の兄という大伯父は、なかなか面白い逸話を持つ人らしい。正確な年号は不明だが、おそらく太平洋戦争直前と思われる写真が残っていて、そこには大伯父が個人輸入したと伝え聞く、ハーレーダヴィッドソンのサイドカー（１９２７年モデル）とトライアンフのオートバイ（１９３０年代モデル）を引っ提げて、白河の街をパレードする姿と、それを取り巻く街の人々が写し出されている。大伯父の背後に見える旗には、〝〇〇一周自轉車競争會〃という文字が見えることから、すでにこの時代、白河という田舎町にモーターレース文化があったことにも驚く。

私の父は呉服店の長男という立場から、通例ならば跡取りとして家業に就くべきだったのを、この大伯父の血なのか、高校時代からバイクを乗り回し、東京の大学進学後はプロのバイクレースチームに所属して、勉学そっちのけでモーターサイクルの世界にのめり込み、一時期は映画のスタントマンなどもやっていた。

私は私で父のバイク好きを受け継いだらしく、２００２年からの一度目の移住時も、パリでの生活の足はもっぱらモビレットと呼ばれる小型のクラシックバイクだった。その上好きが高じて当時のパートナーと、そのバイクを日本に輸入する会社まで作ってしまった。

三代にわたるバイク好きの血は、確実にこの大伯父が原点と見ている。しかしそもそもいくら裕福な呉服店の長男とて、戦前の田舎町の一市民が外国のオートバイを個人輸入できるだけの財力とは、いったいどれほどだったのか。その昔祖母から聞いた話では、私の曽祖母にあたる嫁が大変に出来た人で、一介の布団・繊維屋だった猫沢家に軍からの衣料品注文を取り付けて莫大な富を築き、曽祖母亡き戦後は、好景気に乗って呉服専門店へと鞍替えしたという。没落しきった現在の猫沢家からは想像もできないが、祖父が志願兵として出征する際には、軍への寄贈品として戦闘機２機を納めたらしく、確かに写真も残っている。そんな、超金持ちの御曹司にして、ハイセンスかつハンサムだった大伯父がモテないはずがなく、毎朝、家の前には大伯父に会いたいがために並ぶ女の子が列をなしていた……なんていう、まことしやかな話まである。

行列は大げさだとしても、大伯父の洒落者ぶりと新しもの好きは、写真からも存分にうかがえる。やはり、かなり若い頃と見られる大伯父（最新の写真機を買ったばかりの10代後半か？）が、今で言う所の〝自撮り〟した写真が残っている。ナルシシズムたっぷりの自己陶酔の面持ちで（笑）。

そんな、自他共に認める、将来有望な大伯父が早逝した際の猫沢家の衝撃たるや、相当なものだったろう。なぜなら、他に家督を継げそうな男子が、生まれつき精神疾患を持った、私の祖父しか残っていなかったのだから。

でも、私はこう思う。おそらく祖父は、兄のことを眩しく思いはしても、それと自分を比べて卑下したりすることはなかっただろうと。もしも祖父が健常者だったら、こんな〝出来た兄〟に取って代わる重圧をまともに受けて、いい人でいられたのだろうか、と。そう、祖父は常人とはまるで違う思考で生きていたが、誰かを妬むことを知らない、いい人だった。

祖父の精神疾患については、〝病気〟という家族の認識がなかったからか、特に話題にのぼることもなかったのだが、私の物心がついた頃、祖母や母から断片的に話は聞いていた。生まれつき体も心も弱かった祖父は、子どもの頃から病気を繰り返したため、3回も改名した（昔は、子どもの体が弱いと、名前がよろしくないという理由で改名できたのだそう）。祖父の幼少期の精神状態については、この時代の十把一絡げで差別的な表現でもある、「生まれつき、精神薄弱だったみたい」という祖母のひとことだけ。そんな祖父は、何を思ったのか太平洋戦争に志願兵として出征する。そしてゲリラ戦で敵の弾が太ももを貫通し、負傷兵として生き延びた。ただし、もともと繊細だった彼の精神状態は、無惨な光景を見尽くして、劇的に悪化してしまった。祖父のおもな症状は〝誇大妄想〟と聞いているが、おそらく双極性障害や他の精神疾患も複雑に絡み合っていたゆえのものではないかと思う。1年のうち、春と夏は躁状態になり、秋と冬は鬱状態が大きなリズムだった。奇行は躁状態の春と夏が圧倒的に多く、家族は大いに振り回されたが、祖父の振る舞いにはどこか憎めない愛嬌があった。

祖父はゴッホのように絵を描いたりはしなかったが、書道が趣味で字は書いていた。呉服店を営んでいると、展示会や売り出しで、何かと筆を使って書く機会が多く、そのお役はいつも祖父に回ってくるのだった。それは、祖父の唯一の仕事だったと言えるかもしれない。

私が高校3年生だったある日、学校から戻ると部屋の襖（ふすま）に巨大な筆文字で、

馬

と書かれていた。当時、私が使っていたのは古い和室だったから、どんなにかわいくしつらえてみても、アーバンお洒落部屋を目指すのは到底無理とはわかっていたけれど、10代の高校生女子の部屋に、馬って……。

祖父の暴挙を止められなかった母をなじると「ごめんねえ〜。ちょっと目を離した隙におじいちゃん、書いちゃって」とか言いつつ笑ってるし。

字体そのものは特別上手でも下手でもなかったが、ハートがヒットしたらどこにでも書く、というスタイルがほぼグラフィティーアートだった。彼は書の世界へ入る時、褌（ふんどし）一丁になり床に寝転がる。腕を組んだまま天井を睨（にら）みつけて、閃（ひらめ）きが降りてくるのを静かに待つ。その瞬間、カッ……!!と目を開き、頭上に並べた筆をやおら引っつかむと、心のまま

に家の至る所へ書き殴るのだった。彼の作品キャンバスは襖が中心だったが、大きな半紙にもよく書いていて、床の間にも飾っていた。代表作は、

ひつじのはらわたを食らう

心穏やかではない。この床の間の前で啜る茶も不味い。それでまた母に「なんなのよ!? この文言は」と尋ねると「さあね〜……」と、その時は、あてもないようなリアクションだったが、祖父が亡くなってしばらく経ってから「ねえ、おじいちゃんの〝ひつじのはらわた〟覚えてる?」と、突然言い出した。母の話によると、あの書を書いた前日の夜、祖父と父は摑み合いの喧嘩をしたらしい。父は未年だから、祖父はきっと父への憤懣やるかたなしな気持ちをこめたのだろう、と母は言った。とはいえ、息子のはらわた食らわんでも……。父は祖父を毛嫌いしていたが、祖父はそんなことは気にもとめていないかのように、自由奔放に日々を好き勝手に送っていた。大人の事情がわからない子どもには、なぜか社会から逸脱した大人の方が素敵に見える。それゆえか、私は祖父が大好きだった。確かに祖母や両親は大変そうだったけど、祖父が幼い頃の私に、奇想天外な世界の見方を教えてくれたからこそ、何かをクリエイトする仕事につけたんだろうと思う。で、フランス。

母の言うような縁はどこにも見当たらない。ちなみに父、母と立て続けに他界した後、三代続いた呉服店は閉店し、フランスはおろか着物屋稼業そのものと縁が途切れた。

祖父は１９９６年に他界した。その葬儀の時、母が「おじいちゃんはだいぶ変わってたけど、嫌な人じゃなかった。優しくて憎めない、かわいい人だった」と言ったのが心に残っている。そんな母も、父に次いで２０１９年に他界し、私は今、母が世界でいちばん好きだった街、パリに暮らし始めた。母の腎臓ガンの見送り終末期に、外国へ行ってしまうかもしれない娘に向かって「寂しいから行かないで。それでも行くなら、おまえの幸せを邪魔して行けなくしてやる～」と小悪魔みたいな顔をして言った母よ、あれは半ば本気だったよな？

とうとう家族の歴史を踏み越えて、私はパリへ来ましたよ。今こそ自分の人生を生きるために。

第2章 悪美ちゃんへ

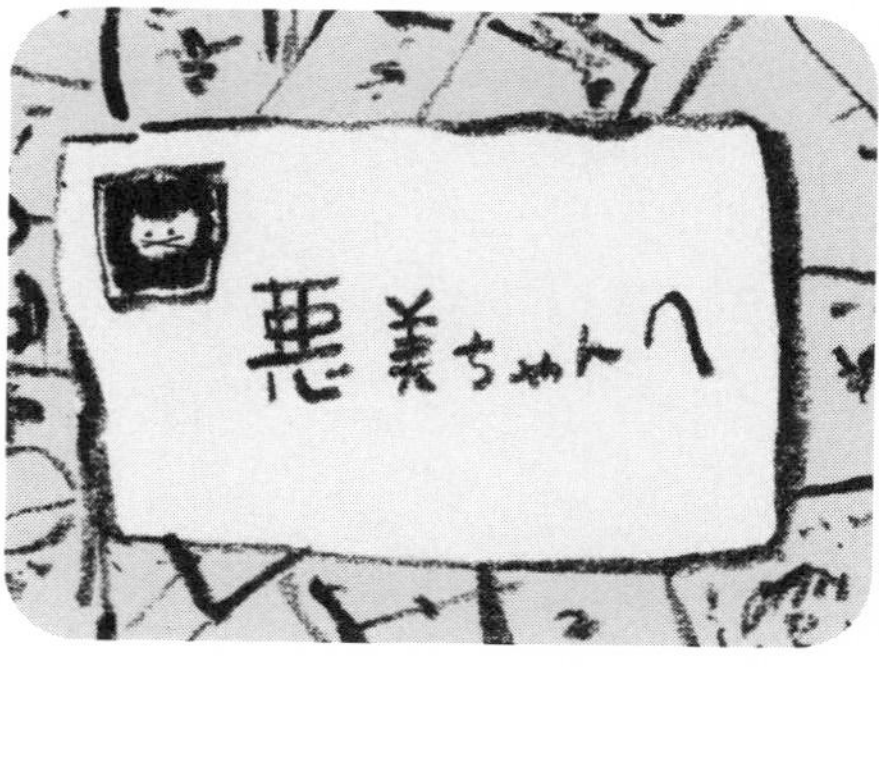

前章で母が言ったように、フランスと縁があるのか？　またはないのか不明なまま、とにかく32歳の私は愛猫1匹を連れて2002年の夏、パリへ渡ったわけだが、その後4年間のアパルトマン暮らしと、さらにその後、フリーペーパーの立ち上げ（私は2007年から10年間「BONZOUR JAPON（ボンズール・ジャポン）」というフランス文化に特化したフリーペーパーの編集長をしていた）で、日本とフランス半々の生活を2年ほど続けたのち、一旦、日本へ仕事の基盤

を戻して14年が経った。

フランス語を話すとか、フランスに関連する仕事をしていると、かならず「どうしてフランスがお好きなんですか?」という質問を受ける。答えは〝動物に近い状態で生きていける国だから〟だろうな、やっぱり。そして、今これを書いていてハタと気づいたのだけど、私が暮らすパリの街全体が猫沢家の家庭環境と似ているのだ。不条理に満ちていて、個人の感情や都合が最優先される。予定は常に未定で、その代わりに予測不能な驚きに満ちている。そして、なによりもこの街にいて楽なのは、誰しもが不完全なまま、それを許し合って生きているところだろうか。そう、猫沢家の人々も他者への許容範囲が異様に広かった。ただし、その許容範囲は正しいのか、間違っているのか、そこはたびたび疑問だったが。2010年に祖母が他界し、そして2017年に父、ついで2019年に母が亡くなり、猫沢家の先代たちがみなこの世を去った。私自身が50歳を越えてから、再びパリへ戻ろうと思った理由のひとつに、長い猫沢家の歴史の清算、という意味が少なからずあったことは否めない。ところがどっこい、パリは〝街全体が猫沢家〟みたいなわけで……。

その昔、画家が多く暮らしたセーヌ川の左岸、モンパルナス地区にほど近いカルチエ

（界隈、地区）で、私は仮暮らしを始めた。今度は、オスの猫2匹と、亡き娘たち（2002年に渡仏した初代メス猫と、2019年に出逢って1年半後に他界した4代目のメス猫）の遺骨と共に。この移住に関しては、付き合って長いフランス人の彼と私の共同プロジェクトだったのだけど、コロナ禍で手続きが煩雑になる一方で、この2年、満足に会えていないお互いを励ましながらの作業が、東京とパリの二都市で同時進行していた。ヴィザの取得にはじまり、東京のマンションの売却、そして国をまたいでの引越し、荷造り。まるで生前遺品整理と見まごうかのごとき、人生最大の大整理もやった。持ち物の80％を捨てたり、人へ譲ったりした今回の整理では、当然、昔の手紙を目にすることもあった。特に母と祖母からの。家族で筆まめだったのはこのふたりだけだったし、たいていどこかが「ふざけてるのか？」と問いただしたくなる可笑しさだったので、特に面白いものは取ってあったらしい。

祖母からの手紙、宛名が「悪美ちゃんへ」になってた……（私の本名は恵美）。す、すごい高度で微細な間違い！　うっかり間違えちゃったのよねって言いやすい絶妙なツボを押さえてる!!　そもそも、祖母が生涯にわたり、私の名前を正確に把握していたのかすら怪しい。幼少期に履いていたサンダルにはカタカナで「ネコザワ　イミ」と祖母に書かれた。それで、幼い私はサンダルを祖母のところへ持っていって「おばあちゃん、私、イミじゃないよ。エミだよ」と教えた。すると祖母は驚いた顔をして「あれまあ……おまえさんはイミじゃないのかい？　おばあちゃん、今日の今日まですっかりイミだと思い込んでたよ」。え……私、もう4歳だけど？と、当時の私が思ったのかはもう忘れたが。

26歳で、日本コロムビアからシンガーソングライターの〝猫沢エミ〟としてデビューした時も、だ。初めてのシングルCDをリリースして間もない頃、実家へ帰ってみると、祖母が嬉しそうに「おめでとう！　エミちゃんのCD、駅前の楽器屋で買ってきたよ、ほら」と見せてくれたのは、安室奈美恵のシングルだった。ありがとう、こんなにかわいい人と間違えてくれて。っていうか、

〝あ　む　ろ　な　み　え〟

〝ね　こ　ざ　わ　え　み〟

あゝ　そうね〝みえ〟と〝えみ〟あたり？　……かろうじてね、名前んところがちょっ

と似てるって言えば似てる……って全然違うやーん！と、もちろんツッコミを入れましたよね。

ところでこの、一見のんきそうな天然ボケの祖母、猫沢家に18歳という若さで嫁ぎ、19歳で父を産んだ。戦後の好景気に呉服店の女将としてバリバリ働いていたため、この年代の女性には珍しく一切家事ができず、高野豆腐を水で戻すことを知らずにトンカチで叩き割り、そのままザラザラ〜っと味噌汁に投入するような人だった。

宮城県の自然豊かな七ヶ宿村（しちかしゅくむら）で生まれ育った祖母は、当時の田舎としてはめずらしかった女学校へ進学した。そこの先生と恋仲になり、結婚の約束をしたものの、自由恋愛など許されず、家同士の取り決めにより、エキセントリックでトンチンカンな祖父のところへ嫁がざるを得なかった。「人生はがまん。結婚は地獄」と、ことあるごとに暗いスローガンを口にしつつ、一方では、おしゃれで多趣味な呉服店の美人女将という表向きの顔で、祖母の自尊心は支えられていた。

「悪美レター」の下に隠れていた母の手紙は、以下全文掲載にて。

拝啓

ずいぶんご無沙汰いたしました。平成13年5月12日ＰＭ7：48暗闇の中、母の日の花が届きました。こんなにみごとな百万本のバラ（6本）私の大好きなバラ、そのバラをそばで見ていた父、曰く「あ〜これは一本五百円位だな　どう見積もっても五千円がいいとこか……」。母、「もうちょい安いんじゃん」と久々夫婦の会話が弾んだ晩でした。

でもいいわ、花を買えるお金が有ったんだもの。いいわよ！　うん絶対いいわ！

＊そして、手紙の左上隅っこには「母の状態です。ビンボーに潰されそう→」と、
　とても悩んでいるようには見えないふざけたイラストまで描き添えてある。

母の手紙のテーマはいつも〝金とビンボー〟だった。毎回執拗なまでに繰り返されるこのネタ。一見なに食わぬ顔をして、常識ある母親ぶりを演出するかのような、丁寧な導入部。そこからバラを受け取った際のポエティックな情景描写を経て、真骨頂の〝金とビ

ンボー〟を絡めた笑いの世界へと突入する。さらに達筆な母の文字が、内容と書面の美しさの落差効果を存分に発揮して、さらなる笑いの世界へと誘ってくれる。ってアホか(笑)。

なぜ母がここまでお金に固執するのか？　母は、高度経済成長期の好景気真っ只中に、当時、資産家だった猫沢家に嫁いできた。国鉄職員の父を持つ堅実な中流家庭育ちで、きちんと躾けられて育ったはずの母。ところが結婚後の環境で金銭感覚が狂った。実家の家業である呉服店を祖母に任せて、父が経営していた不動産会社はバブルが弾けて潰れ、後には大きな負債が残った。その負債を自分ひとりでどうにかしようとして、迷走しているうちに、彼女の金銭感覚はすっかり道を見失ってしまった。父はもともと一度もお金に苦労したことのないおぼっちゃま育ちゆえ、金銭感覚自体がない。もちろん、戦後の好景気に乗って呉服店を切り盛りしてきた祖母と、愉快なだけの祖父も同じく。そんな先二代を持つ私とふたりの弟は、若い頃から一族の借金問題に悩まされてきた。ところがお金にトンチンカンな大人ばかりを見て育ったのにもかかわらず、ふたりの弟たちは真っ当で純粋な人間へと成長した。その弟たちが、両親のくだらない借金を肩代わりしなくてはいけなくなったのに、「俺たちはまだ若いから、また働けばいいよ」と言った時、壮大な反面教師だなあと染み入るように感じた。心が広いにもほどがある！　ちなみに「くだらない借金」とは、こんな内容だ。すでに景気が低迷していた父の代での呉服店業は、衰退の一途を辿っていた。経費を削減してなんとか生き残りの道を模索しなくてはいけないのに、突然、母が「お店に自動ドアをつけることになったから、250万円、銀行から借金した」と電話をかけてきた。なぜ1日に2〜3人しか来ない客のために!?「大丈夫よ〜。ちゃんと返済計画練ってるんだから」母から何度このセリフを聞いたことだろう。もちろんこの時も、負債はのちのち我々姉弟のところへやってきた。

もうここまで来ると怒りもとっくに通り越して、なぜか援助している人側に悟りの境地が見えてくる。そうだ、相手(両親)に常識が通用しないなら、こちらが考え方を変えればいいんだ。お金なんか水みたいなものだ。どこかから流れつき、また流れていってしまう。あってもなくても同じ、幻のようなものだと。これか……この間違った方向の許容範囲の広さ。

いや、間違っていようが、弟たちと同じく私も許容範囲だけは広い。だから、パリに暮らしていても多少のことでは驚かず、むしろこの自由で予測不能な街に、逃れきれない猫沢家の匂いを感じて憩えるのかもしれず。

第3章

アメリカの別荘

フランスへ来て早3ヶ月が経った。この間なにをしていたのかというと、エッフェル塔へ観光しに行ったり、ルーヴル美術館でモナリザに感激していたのでは決してなく、フランス社会へ登録するためのさまざまな手続きやら、銀行口座の開設やら、連れてきた愛猫2匹の環境の変化を気遣うやら、なにかと忙しかった。そのなかでも最大の難関だったのが、長く住めるアパルトマンを探すことだった。

まるでコロナ禍の最後の悪あがきのようなオミクロン株が、猛威を振るっていた移住時の2022年2月。本格移住する前、家を見つけるためだけに、パリへ短期ステイを何度か繰り返すなんていうことも通常ならばできたのだが、一度海外へ出て日本に戻るたび、2週間という長い自主隔離をしなくてはならず、「一世一代の国境をまたいだ大引越しで、そんな悠長なことやってられるかよ！」が本音だった。ひとまず移住直後の仮の住まいとして、フランス人の友人が持っている短期アパルトマンを借りることができた。ただし、ここに居られるのは長くて4月末までとあらかじめ決まっていたため、到着した2月14日から計算すると、2ヶ月半でここを出なくてはいけないということになる。オイラは〜宿無し〜♪　脳内に世良公則&ツイストのヒット曲〝宿無し〟が流れ始める昭和40年代生まれ……そんなことを言っている場合じゃない。パリのアパルトマン探しは、フランス人でさえ難しいことで有名なのに、立場の弱い外国人の私が好物件を探すのは、ほぼ奇跡のように思われた。ところがどっこい、人生なにが起こるかわからない。SNSで知り合った、パリ在住のある日本人女性がアパルトマンの情報をくださり、一発で理想の物件に入居が決まったのだ。あゝ……ちいさな徳（死にかけた蟬を草の上にのせてあげたり、おばぁちゃんに積極的に席を譲ったり）を積んでおいてよかったと、小市民の私はホッと胸を撫で下ろした。

引越しは、3月4日と決まった。渡仏前、睡眠不足と不安で押し潰されそうだった自分に言ってやりたい。「大丈夫。到着後、わずか18日で引越しが完了するよ」と。そうして恵まれた新居は、50㎡の1LDK。日当たりと風通しもよく、動物と暮らすための条件をそろえた快適なアパルトマンだった。玄関すぐ右手にある台所にも窓があり、換気扇も換気口もないフランスの一般的なアパルトマンのキッチンとしては、これ以上ない好環境だった。ふと、窓の外を眺めると、建物の裏手が見えた。手前には広場、そして右側にはパリではめずらしい17階建ての近代建築アパルトマンが建っている。その奥——道路を挟んだ通りの向こう側には高い壁がそびえ立ち、背の高い木立が見える。「いったい壁の向こう側にはなにがあるんだろう?」とは思ったが、この広場と壁向こうの広そうななにかの敷地のおかげで、我が家の採光は十分に保たれているのだとすぐにわかって、むしろありがたい存在だなと思った。

引越しから間もなくして、パリの友人・Yが訪ねてきてくれた。彼女は、フランスのTV業界、映画、CMなどの映像の世界で長く活躍してきたメイクアップアーティストだ。フランス語はネイティヴレベル、ガッツがあって芯の強い、今年で在パリ20年のベテランYに限らず、長くパリに暮らすと、日本ではあり得ないひどい目に、みなどこかしらで遭うものだが（やな街だな……笑）、Yは特に強靭な精神力の持ち主ゆえ、むしろパリが彼女に試練を与えているんじゃないのか？と思うほど数々の逸話持ちなのだ。この日も「ちょっと聞いてくださいよ！」と言う彼女のいつもの口上で始まったのが、昨年9月末の話。ある会食で中華街のレストランへ行ったYは、海老や上海蟹などの魚介の一皿を食べた。食べている最中から、もうふらふらし始めて異変に気づいたものの、この後の惨事など想像もしていなかった彼女は自力で家に帰った。ところが家に着く頃には体中の感覚が麻痺し始め、ついには手足も動かなくなり、しゃべることもできなくなってしまった。幸い、Yの暮らすシェアハウスの大家さんが夜間に救急車を呼んでくれ、彼女は近くのサン・ジョゼフ私立病院へ搬送された。そして、症状からまずは脳の病気を疑われて検査を受けたが、新米風の当直医から「身体的問題は見つかりませんでした。となると、精神の問題からきている可能性があります」と告げられるも、言葉を発せなくなったYは、心のなかで《違う！　違うって!!》と叫ぶしか術がなく、未明の早朝4時、今度はパリ最大の精神科、サンタンヌ病院へ移送されたのだった。

「想像してみてくださいよ……生まれて初めての精神科病院に、こんな朝早い時間にいきなり連れてこられて……ただ、幸いにも1回目の医師の問診時には、もう結構話せるようになっていて事情を説明できたんですよね。それから少しして、2回目の問診で通された部屋が、鉄格子に鎖で施錠してあって（泣）。やっと出してもらったコーヒーが、ボロボロのカフェオレボウルだったり（中泣）。もう本当にパニックで、どうにかなりそうだったんですけど、最初の病院の誤診で搬送されたっていうのをやっとわかってもらえて、家に帰れたんです（大泣）。

それが、ほら。あの病院ですよ」

え……？

キッチンの窓の向こう。あの高い壁と木立を指差しながら、Yは赤ワインをクイと飲み干した。実は魚介の神経毒にあたった一時的な全身麻痺だったと、後日わかったそうだ。

マジか。我が家に陽光をもたらしているあの謎のエリアが、パリ最大の精神科病院だなんて。Yが涙まじりに語った話には、突然の事態と相まって、恐怖に煽（あお）られた先入観が多分に含まれていることは否めない。しかし、我が家にとっては切っても切れない大変お世話になった存在、それが精神科病院。どうしてもこの単語を聞くと、いやがおうでも浮かんでくる画（え）がある。

第1章にも登場した祖父は、毎年夏になると持病による誇大妄想がひどくなり、家族の手に負えなくなるので精神科病院へ入院していた。戦争からもう何十年も経っているのに、彼のなかには自分だけが生き残ったことへの罪悪感でもあるかのように、毎年夏になると生花店へ鉢植えの赤い花を大量に注文し、仏間の床に隙間なく並べ、その真ん中に鎮座し、朝から晩まで祈りの読経（どきょう）を続けるのだった。

祖父の記憶の扉は、夏の暑さが鍵となって開くらしかった。熱帯のむせ返るような湿気を帯びた空気。あたりを埋め尽くす血の海——隙間なく並べられた赤い花々は、彼の祈りの戦場そのものだった。その風景は、まるでピーター・グリーナウェイの映画のセットみたいだったから、私が19歳で初めてグリーナウェイの映画を観た時、悪夢のようなその世界に慄（おのの）くどころか懐かしささえ覚えたほどだ。

読経くらいで済んでいれば祖父のフィーバーはまだ許容範囲内だったが、一旦躁状態になると眠ることもせず、真夜中の文具店のシャッターを「いい字が閃いたんだ！　筆をくれ！」とガッシャンガッシャン叩くようになってしまっては、もう家族問題の範疇（はんちゅう）を越えてしまってアウト。すると、精神科病院からお迎えの車がやってくる……と、真相はこうだった。ところが、まだ私が幼くて事情がよく飲み込めていなかった頃は、気がつくと祖父がいなくなっているのだった。祖父と仲がよかった私は、彼がいなくてはつまらないから当然母に尋ねる。すると「あれ、言ってなかったっけ？　おじいちゃんはアメリカに別荘を持っていて、毎年夏になるとそこにヴァカンスに行くのよ」。えー!?　初耳。いいなあ！　私もいつか行きたい〜、と、なんの疑いもなく、子どもの私は言ったに違いない。ところが、小学校高学年くらいのある夏のこと。学校から少し早めに帰ってくると、拘束衣を着せられた祖父が担架に括り付けられて〝アメリカの別荘〟に出発するところを偶然見てしまった。

映画『羊たちの沈黙』で、レクター博士が似たような格好をしていたけれども、まさにあんな感じだったと私のなかでは画を結んでいるのだが、実際には、「羊沈」でのシーンがあまりにも祖父にリンクしたゆえ、私の記憶の方がレクター化したんではないか？との不安も残る。しかし、当事者がみな天国へ行ってしまった今では、なにが真実だったのか知る由もないが、母がついた優しい嘘は、その後、私の人生における〝真実がいつも正義とは限らない〟というスローガンになった。ちなみに私は、狂った戦争でさらに病んでしまった祖父は、至極人間として真っ当な心を持っていたと、今でも信じている。

とは言えだ。我が家に光をもたらしているのがパリ最大の精神科病院の広大な敷地と緑。

どこまでもついてくるな……猫沢家め。

日に日に遅くなる夕暮れは、夏の訪れを告げるパリの風物詩。キッチン側の窓からは、暮れゆく空の薄紫色が見える。その柔らかな光に包まれて、あの病院の高い壁の上で「お～い、元気か～」なんて生前と変わらず、のんきな笑顔で手を振る祖父の姿が、私には見えてくるのだ。

第4章 星の王子さまとハゲの王子さま

まず、タイトルからして失礼なこの話を始めるに当たって、みなさまにお断りしておきたいことがある。私は、フランスの偉大な作家、飛行機操縦士であるアントワーヌ・ドゥ・サン＝テグジュペリと、彼の名著『星の王子さま』を心から敬愛している、ということをくれぐれも、だ。僭越ながら主宰している自身のフランス語教室、通称・にゃんフラ（というふざけた名前だが、がっつりシリアスな内容）では、『星の王子さま』の文法強化リライ

ト版の全文翻訳朗読に生徒とチャレンジ中だ。すべてではないにせよ、彼に関する文献を多く読み、展覧会にはなるべく足を運び、過去にはサン＝テグジュペリの墜落機が発見された南仏マルセイユの沖合と、そのすぐ横に浮かぶリウ島を見るため観光船に乗ったこともある。パイロットとしてのサン＝テグジュペリが、基地のあるトゥールーズで定宿にしていたホテルの一室も熱い想いで取材した。敬愛者というよりは、もはや民間の研究者と言えるかもしれないこの私が、なぜここまで『星の王子さま』とのご縁があったのか。それはズバリ、サン＝テグジュペリが父にクリソツだからだ。あゝ……なんという残念な理由だろうか！　父は日本人だが、顔が完全にイタリアンマフィア系だった（カルロス・ゴーン被告系とも言えるのか？）。父は言うに及ばず、猫沢家の父方は粒揃いの濃い顔で、昔から日本人と思われることは稀だった。その末裔である私とふたりの弟たちも当然、おおよそ日本人に見られたことはない。

私が大学生だった頃、実家への帰省時に、歳の離れた弟たちを連れて地元の駅前のラーメン屋に入ったことがある。すると、店主に「旅芸人の一座の方々ですか？」と聞かれた。旅芸人て……と内心バカうけしながらも「違います。本町にある着物屋の三姉弟です」と真面目に答えると「あらやだごめんなさいね！　いやあ〜みなさん、お顔が立ってらっしゃるもんだから」と店主は照れ笑いした。そうなんです。いやでも顔が立っちゃうんです。現在パリ暮らしの私なぞ、コスモポリタンな街ということもあって、余計に日本人には見られない。よく言われるのは「ゴーギャンの絵の女（タヒチ人）」や「ベトナムとアラブが混じったフランス人」など。以上の経緯から、父がサン＝テグジュペリに瓜二つであることと、その父に私もよく似ていることが、なんとなくご想像頂けるだろうか。

と、前置きが長くなってしまったんだけど、先日、パリでサン＝テグジュペリと星の王子さまの展覧会があり、私はいつもとはちょっと違う心持ちで会場へ向かった。というのも、今年（２０２２年）はロシアによるウクライナ侵攻の影響もあって航空券が非常に高く、とてもじゃないが、お盆の時期に日本へ帰ることは叶いそうにもない。それでなんとなく、この展覧会を観ることで父の墓参りの代わりにしてしまえという気持ちがあった。それと、移住の記念すべき年に、これまでフランスでは未公開だった、ＮＹのモルガンライブラリー＆ミュージアム所蔵品を含む６００点もの作品と資料が観られる大規模な展覧会がタイミングよく開かれた、というだけですでに逃れられない猫沢家との因縁を感じざるを得なかった。

入り口をくぐると途端に出迎える、サンテックス（とマニアは彼を、こう愛称で呼ぶ）の大パネルがドーン！　そこで思わず手を合わせて、ものの10秒で墓参りは終了。しかし、あまり長い時間は直視できないほど、やはり父はサンテックスに似ているのだ。２００２年にユーロ通貨が導入される以前、フランスの通貨はフランだった。そのうちの50フラン紙幣には、サンテックスと星の王子さまの世界が描かれ、世界で最も美しい紙幣のひとつと謳（うた）われていた。私がそれを初めて見た時「父が札（さつ）に！」と叫んだ。それで、フランスから50フラン紙幣を持ち帰り、父にプレゼントすると「俺がフランスで札に！」と、本人も叫んだ。そこには明らかに少し若い頃の父が描かれており、〝世界には誰しも似た人が３人いる〟というまことしやかな都市伝説を信じるのに十分だったのである。

それ以外にも、サンテックスの歴史を辿ると、父とよく似た共通点を見出せる。貴族家系のあかしである、苗字に〝de＝ドゥ〟がついていることからもわかる通り、彼の略歴には「リヨンの伯爵の子として誕生」などとあるが、実際には過去に爵位を持っていた家系の出というだけで、サンテックスの代にはすでに没落していたようだ。父も、かつては繊維業で儲けた一族のお坊ちゃまで、お手伝いさんに靴下を穿かせてもらう小さな暴君だったが、晩年は借金塗（まみ）れの没落富裕層だった。サンテックスは飛行機に恋してパイロットになる夢を叶えた。かたやバイクに恋した父の夢はプロのバイクレーサーになることで、その夢はいちおう叶えたものの、長男として家業の呉服店を継ぐために、レーサーの仕事は辞めざるを得なかった。人生において、やりたいことを選択できなかった無念が、いかにのちの父を歪めていったのかはさておき、サンテックスは素晴らしい人間性に裏打ちされた名著を残し、世界中の人々に今も愛されているのに対して、父は貧相な人間性に裏打ちされた数々の珍事を残し、関わった多くの人々に今も疎まれているところはまったくの正反対。それともうひとつ、決定的に違う点がある。それは、サンテックスの頭には毛があり、父には毛がないことだ。展覧会を巡っている間、心の隅の方で〝あ、やっぱり毛がある。サンテックス、ハゲてな〜い〟と呟いている自分に、もうひとりの自分が〝チクショウ！　父のせいで、崇高な星の王子さま展の観覧視点に、ハゲチェックなどという不純物が混じってしまう〟と憤慨しているという、なんとも分裂した心持ちであった。

ところが、私は見てしまったのだ。サンテックスが愛妻コンスエロと夏のヴァカンスを過ごしている動画に映っていた彼の後頭部がズルっぱげなのを。

〝大切なことは目には見えないんだよ〟

この名言って毛のことだったんだ……いや、違う。ゼッタイ。一瞬気が遠くなり、王子さまが暮らす小惑星B612の彼方まで飛ばされて、それからすごいスピードで正気に戻って考えた。世に流布されているサンテックスの写真は、若い頃のものが多い。44歳の若さで亡くなる晩年ならば、ハゲていてもなんの不思議もない。そもそもフランス人は日本人ほどハゲを気にしないし、むしろ男性ホルモンの強さの象徴としてセクシーとすら言われている。知的で勇敢でロマンチストだったサンテックスは、もちろんハゲなど気にしていなかっただろうし、むしろ女性にモテたと思う。それとは対照的に日本人の父は、長くハゲに抗ってきた。その結果、彼はヅラという人生の同志を得た。星の王子さまがキツネという真の友達を得たように。

＊

父がヅラであることを私が初めて知ったのは、小学校低学年頃だっただろうか。ある日、両親に連れられて、福島県の郡山市に車で向かった。私の実家のある白河市からは約1時間の、県内でいちばん栄えている街が郡山だった。いつものように買い物とか遊園地とか目的が知らされていない遠出の行き先を母に尋ねると、指差した看板にあったのは、

《アデ◯ンス》

の文字だった。洒落者で新し物好きだった父は、若い頃からの悩みである薄毛を、最新式のヅラで隠すというア・ラ・モードな行為で、自尊心を満たすことに成功した。田舎の小さな町で最新式ヅラを試している人はまだごくわずかで、その存在の周知すら限られていた時期、すでに父は実家の財力に物を言わせて、夏・冬それぞれメインとスペア、合計4つのヅラを手に入れていた。ヅラを所有するには、お金がかかる。当時の私の記憶では、1ヅラあたり50万円ほどだった。じゃあ、1ヅラ買えばいいのかといえばそうじゃない。夏・冬それぞれひとつずつメインヅラを所有しなくてはいけないし、人毛で作られた繊細なヅラは定期的なメンテナンスが必要だから、メンテナンス期間中に被る(かぶ)ためのサブも必要になってくる。この日は、メンテナンスに出していたメインヅラの引き取りに来た父に付き合っての遠出だったのだ。母は言った。「お父さんはカツラなの。若い時から絶倫だったから、仕方ないのよね」。この時の私が〝ぜつりん〟という言葉を理解していたのかは不明だが。

こうして私へのカミングアウトは聖地・アデ◯ンスで行われたが、弟たちはそれとなく生活の中で知ったようで、下の弟ムーチョ（仮名）が小学生の時、宿題で書いた「おとうさんのこと」という作文には、こうあった。

『（前文省略）おとうさんはかつらをかぶっています。
ぼくがおとうさんだったらつかれるよ。』

学校の作文という公の場で、実の息子にあっさりカミングアウトされてしまった父。

また、ある夏休みには、目の前で突然ヅラを外した父を見て「お化け――ッ!!」と幼い従妹の断末魔の叫びが猫沢家に響き渡った。このように色とりどりの経緯を経て、父がヅラであることは家族だけに限らず、近所の人々にも暗黙の了解といった感じで浸透していったように思う。

ヅラであることを、父がコンプレックスに感じているそぶりはまるでなく、それどころか、突然「ズラスビー大会やるぞ！」と言い始め、いちばん遠くまでフリスビーのテイでズラを飛ばせた人に、父がうやうやしくヅラの王冠を被せてくれる（笑）という遊びまで自らやっていた。趣味のゴルフへ行けば、仲間の前で平然とヅラを外してシャワーを浴びるなど、もはや父にとってのヅラとは帽子のようなもので、ハゲというコンプレックスなど、とっくの昔に乗り越えているものだと思っていた。母の電話がかかってくるまでは。

めずらしくしんみりした声の母の話はこうであった。昨夜遅く、かなり酔っ払った父が帰ってくるなり、玄関の土間で泣き始めたのだという。びっくりした母が「どうしたの!?」と問いかけると、父は「俺は……俺は……本当はカツラなんか大っ嫌いなんだあ！」と叫ぶや否や、被っていたヅラをむしりとり、土間に叩きつけた。それから父は家の中に駆け込み、寝室に陳列してあったスペアヅラを含む3ヅラを、やおら引っつかんだかと思うと踵を返して玄関に駆け戻り、叩きつけたヅラも拾い上げて外へと走り出た。当時の猫沢家は、父が設計して山の上に建てた二世帯住宅に暮らしており、家の前には広い空き地があって、ゴミを燃やす土管が立ててあった。父はその土管にヅラを放り込むと、ライターを取り出した。

「やめてぇぇぇぇぇぇえ!!　それ、いくらすると思ってるのよ!!」

後ろから追いかけてきた母が父にタックルを食らわして土管ごと倒れた。すかさず母は、倒れた土管から転がり出たヅラをかき集め、家に駆け込もうと走り出す。それをまた父が後ろからタックルして、緩んだ母の腕からヅラがスローモーションで宙に舞う……まるでタランティーノの映画のように。高価なヅラを燃やされまいと、必死に守ろうとする母。その母からヅラを奪還しようとする父。しまいには、ヅラの端と端を引っ張り合う〝ヅラ引き大会〟にまで発展し、泥だらけの父と母は、ヅラが散乱する空き地で疲れ果てて倒れたまま朝を迎えたのだという。

「青春じゃん」

開口一番、私はこう答えた。「なに言ってんのよ〜。お父さん、ああ見えてハゲを気にしてたんだってことがわかっちゃって、なーんか切なくなっちゃった」と母はメランコリックに心境を語っていたけれど、ヅララグビーとヅラ引き大会の話がすごすぎて、とても父に同情できるはずもなかった。そもそもこんな話、当事者のくせにしんみりとした口調で語れる母の底知れなさにも戦慄(せんりつ)を覚えていた。

＊

1944年7月31日、自由フランス空軍の志願兵として偵察機のパイロットをしていたサンテックスは、フランス内部の写真偵察のためボルゴ基地から単機で出発後、消息を絶った。この前年、1943年4月にニューヨークのレイナル&ヒッチコック社から英語版の『星の王子さま』が出版され、本国でのフランス語版出版の方が1946年と後だった。奇しくも彼の遺作となった『星の王子さま』は、サンテックスが人類に遺した美しい贈り物である。かたや彼に瓜二つの父は、弟たちの「そんなものはいらん！」という断りも聞かず、「どちらかが将来ハゲても困らないように」と、自身の大事なヅラのうちのひとつを形見に遺してこの世を去った。

今も夜空を眺めると、王子さまとサンテックスが暮らす小惑星B612と並んで、父が歴代のヅラたちと暮らすハゲ星が私には見える。その星が妙に光り輝いて見えるのは、コンプレックスとヅラを永遠に脱ぎ捨てた父のツルピカハゲ頭に、光が乱反射しているからだと夢想している。

第5章

移動〝呪（じゅ）〟祭日

このアパルトマンへ引越してきて、ひと月半ほど経った頃、うちの界隈である事件が起きた。黒人青年Lが、抗争に巻き込まれて殺されたのだ……って、シャレにならない。猫沢さん、お住まいはどちら?である。ここはパリ左岸、13区と14区のほぼ境目に位置し、少し歩けばパリ有数の富裕層が暮らすモンスリ公園周辺の住宅街も近い。簡素な造りだが、建物は管理の行き届いた70年代の集合住宅で、住民はクラスが高く、礼儀正しい。住まい

もカルチエもまったく問題がない……なのに、なぜ？

まずはとにかく、この界隈の事情をご説明しよう。うちの集合住宅の前には広場と、それを四角に取り囲むようにモダンな近代アパルトマン群が建っている。この中に《Logement Social - ロジュモン・ソシアル》と呼ばれる、低所得者や生活困窮者のための政府の援助が入った公営住宅が入り交じっている。とはいえフランスの場合、低所得者だけでなく、ある程度収入があっても、家族が多くて経済的に大変な人なども申請することができる、受け皿の広い公営住宅だ。ロジュモン・ソシアルに認定された部屋が入り交じっているアパルトマンは、かならず治安が悪くなるだとかそんなことは決してない。普通の賃料では住むのが難しいパリの一等地にもロジュモン・ソシアルは存在する。だから、それも〝なぜ私の暮らすアパルトマンと、その周辺のとても狭いエリアだけがピンポイントでスラム化しているのか？〟という理由としてはバツだ。

ただし、うちの向かいのロジュモン・ソシアルに暮らす人々は、もともとアフリカ人やアラブ人などの移民2世以降が多く、雑多な雰囲気であることに加え、警察に追われても逃げ道が確保できる、この狭いエリアの建物構造に目をつけたのが、ある薬（ヤク）の売人グループだった。と、ここから先は近隣情報プラス、彼と私の想像が入り混じるので、半分フィクションだと思ってお読み頂きたい。

先だって不幸にも殺害されたLは、私たちも何度か見かけたことのある、このグループのメンバーで、まだあどけなさが残る10代後半の青年だった。パリ市内には、大麻からハードドラッグまで幅広く扱う、いわゆるヤクの売人グループがいくつもあって、メッセージひとつで〝ドラッグ◯ber〟が24時間配達するらしい（2008年公開のフランス映画、セドリック・クラピッシュ監督『PARIS』にも、そんなシーンが登場する）。Lが所属するグループ以外にも、隣接するカルチエに別の対抗グループが存在し、日々縄張りを巡って争いを続けている。ある日は、別のグループの見慣れない顔の輩が、歩道に車を乗り上げて爆音で音楽を流し、存在をアピール。それに対抗して、現在このあたりを仕切るグループと頻繁に悶着が起きる。もちろん住人はうんざりしている。ただし住人だってフランス人だから、黙って指を咥えてはいない。売人たちは夜間も通りで騒ぎ立てるなど、十分、通常の公共マナー違反で通報できるということで、警察へ即座にアクセス可能なQRコードが住民に配られた。そうなのだ。ヤクの売買に関する通報ではこちらの身が危うくなるから、あくまでも警察を呼ぶ際には公共マナー違反というタテマエが必要なのだ。

ちなみにこの若い売人たち、このあたりの住人ではなく、遠く郊外から〝仕事〟をしにわざわざやってくるらしい。「子どもに関心のない親か、仕事が忙しすぎてかまってやれない郊外暮らしの低所得者層からこういうやつらが生まれるんだけど、実入りがいい仕事だから、いっぺんやると真面目な仕事に就こうなんて考え、なくなっちゃうんだろうな」と、彼。なるほどな。しかしアパルトマンの入り口ドア前に、常に4〜5人ヤクの売人が群がっているものだから、決して民間人に手を出したりしないとわかっていても、出入りのたびに不快だ。ただ、確かに不快ではあるけれど、ここに暮らすことの不安に関して言えば、私的には許容範囲内だ。これがパリに引越して間もない、普通の感覚の日本人女子ならば、ソッコー引越しを考えるだろう。

スラムに強い私（どんな私だよ）、ができたのには理由がある。パリに最初にアパルトマンを借りて暮らした2002〜2006年のあとの2年間、当時私が所属していた《MAC-graffiti-マック・グラフィティー》というプロのグラフィティー集団（私は絵も描く人である）のアトリエに暮らしていたことがあった。場所はメトロ3番線の終点ガリエニ駅。ここはすでにパリ郊外の入り口、バニョレ市だ。ところで、フランスの郵便番号はこんな具合。例えばパリなら75がパリ市の番号、その下3桁が区を表していて、「パリ1区」なら

「75001」となる。この郵便番号で、エリアのイメージがガラリと変わる。「75」であれば、下につく番号がひとまずなんであれ、パリ市内だからOK。ところが、このバニョレ市を含む「93」がつくエリアは、誰もがまず〝どスラム〟という単語を思い浮かべる地域だ（昨今では、このあたりもBobo化が進んで、ハイソなエリアも登場しつつある）。2019年のフランス映画『レ・ミゼラブル』は、監督ラジ・リが生まれ育ち、現在も暮らす、パリ郊外のモンフェルメイユを舞台にした作品だ。ヴィクトル・ユーゴーの名著と同名なのは、モンフェルメイユこそレ・ミゼラブルの舞台だから。ここは「93」の中でも、とりわけハードコアなエリアで、映画を観た時、あまりの治安の悪さに「ここと同じ郵便番号エリアに、自分は2年も住んでいたのか!?」と、震えたほど。

モンフェルメイユに比べればぜんぜんマシだが、確かにバニョレに住んでいた頃は、いろんなことがあった。2007年のフランス大統領選でニコラ・サルコジが初当選した夜は、右派のサルコジに対して左派支持者が圧倒的に多いこの地区の住民が選挙結果に憤慨。街中の車に火をつけて、一晩中たいそう明るかった。真っ赤に燃え上がる外の様子を眺めながら「あー……昔の〝明暦の大火〟なんかの大火事って、こんな感じだったのかなぁ」と想いを馳せる始末。また別の夜には、駅前のATMが、ボックスごとショベルカーで持ち去られるというギャグみたいな事件も。最も命の危険を感じたのは、暴動が起きているのを知らずに通りへ出てしまい、騒ぎを制圧する警察の騎馬隊が出動する中、誰かが撃った流れ弾が近くを掠めた同じく２００７年・夏。お母さん、先立つ娘をお許しください……っていう、映画でしか聞いたことのないセリフを、実際に自分が口にするとは思ってもみなかった。「逃げろ!!」誰かが後ろで叫んだ。とっさに履いていたパンプスを脱いで胸に抱え、裸足で走り出した次の瞬間、馬上の警官が催涙スプレーをまいて目が見えなくなった。友達と待ち合わせたガリエニ駅に命からがら辿り着いた時、初めて「なぜこんなところに住んでいるのだ!?　引越さねば」と、２年も暮らしてからようやく気がついたっていう。

*

この〝悪環境に対する耐久性が異様に高い〟というキャラクターも、まさに猫沢家の負の遺産だ。そしてこの時思い出していたのは、さらに遡ること１９８９年。音大に入学するため福島県白河市から上京して、神奈川県・溝の口でひとり暮らしを始めた、あのマンションでの数々の珍事について。母と私は本格的な引越しの前に、右も左もわからない新天地に上京し、その地の不動産屋で【音大生歓迎・ピアノ演奏可・女性専用】しかも手頃な賃料の好物件を見つけた。正確には母が。父の営む不動産会社を手伝うために宅建をとっていた母は、いちおう不動産のプロだったので、「ここが絶対いいわよ！　私が言うんだから間違いなし」と不気味なほど太鼓判を捺されては、信じるしかなかった。その、母が太鼓判を捺したマンションに、ある夜遅く帰ってくると、ポストにまるまるとしたドブネズミがお亡くなりになった状態で入れられていた。

ぎゃあああああああああ！！！

と、真夜中の女性専用マンションにこだました悲鳴に驚いた隣人の女の子が、「大丈夫ですか？」と出てきてくれた。事情を説明すると、別に驚きもせず「またか……。私もやられたことあります。実はこのマンション、隣にもともと建っている古い木造アパートの大家と、日当たりのことで建設当時から揉めてるみたいで。住人への嫌がらせがずっと続いているんです」と言うではないか。それから数日後、今度はペヤン◯ソース焼きそばが、ご丁寧にソースと付属のかやくまできっちり絡められた状態で、中身だけがポストに投函されて、容器はエントランスに打ち捨てられていた。すぐに食べられるようにしてくれたんだね……って、やめんかーい！　また別の日には、マンションの入り口前に大小さまざまなテレビが積み上げられ、住民が軟禁状態に。ナム・ジュン・パイクのテレビ彫刻に似た、イカした嫌がらせインスタレーションだった。

その後、他の部屋の子たちとも話し合い、大家に何度訴えても状況が変わらないから、住人同士でセイフティーネットワークを作って、助け合いましょうということになった。

確かにこのマンションは、問題が多かった。音大生が中心の、ピアノ演奏可能なマンションのはずなのに、ろくに防音設備を施しておらず騒音が問題になっていること。女性専用マンションを名乗っているのに、建物の入り口には外部侵入者を防ぐセキュリティー設備がまったくないことなど。この手の込んだ嫌がらせの他にも、下着泥棒、痴漢出没など、女性としては身の危険を覚えるレベルにまで悪化してきたので、実家の母に電話して実情を訴え、引越しさせてもらおうと試みた。ところが母は、「よし、わかった。お母さんに任せなさい」と言うと、電話を切ってしまった。

それから数日後、「今から新幹線で上京するから〜。最寄り駅に着いたら、公衆電話から電話するね」と、母から急な連絡があった。しかし待てど暮らせど連絡は来ない。携帯電話が登場する前の話で、他に連絡する術もなく、到着予定時間を2時間ほど過ぎて、ようやく母から電話があった。方向音痴の母は道に迷ってどうやら真逆の方向へ進みに進み、

「なんか大きな川が見える」と、多摩川まで歩いてしまった。うちのマンションのある神奈川県・溝の口から多摩川までは結構な距離がある上、やっと母を回収できた時、さらに驚いた。地元から持ってきたという高級巨峰を、5箱ずつ両手にぶら下げていた。「なんでこんな重いもの、わざわざ持ってきたの?」と訝しがる私に母は言った。「バカねえ。嫌がらせしてるお向かいのアパートの住人に配るのよ。巨峰をもらって嫌がらせをやめない人なんか、この世にいないんだから」と胸を張って。お丶この田舎の良き人に神のご加護を……って、おい! お母さん。残念ながら、都会のドブネズミとペヤン○とナム・ジュン・パイクに巨峰は効かないと思うよ。

そしてやっぱり効かなかった。

しかしその後、何度相談しても「巨峰をあげたんだから、大丈夫だって」と聞く耳を持たない母のせいで、大学4年間、結局引越しさせてもらえず、ドとぺとナがエンドレスに繰り返された。

そもそもだ。この物件を決めたのは母。そして、引越しの際には父も上京して、日用品の買い出しを手伝ったりしていた。その時に気づくべきだった。猫沢家の移動スラム体質の呪いを。前章のヅラ引き大会の舞台にもなった、父が山の上に建てた二世帯住宅の土地は、祖父母が買って、父と、弟（叔父）にそれぞれ贈ったものだが、「蛇石（へびいし）」という地名には土地の呪いがあるとかないとかで、確かに呉服店のある本町の実家より、ここに引越してからろくなことがなかった。隣の叔父の家は東日本大震災時に崩れて、叔父一家は立退（たちの）くしか術がなかった。因縁のある場所へ自然に引き寄せられる猫沢家の呪いは、時を経て、私自身にもかけられているとでも言うのか。

ところで、父も上京して私の引越しの手伝いをしている時、こんな珍事もあった。まもなく大学の入学式が行われる3月下旬は、どこのお店も家具の配送などが混み合っており、4月中旬まで届かない。それで、駅前の家具屋で買ったベッドだけ、私たちだけで自力で運ぼうということになった。店でもらった細いビニール紐を、ベッドの本体に何重にもかけて持ち手を作り、3人でちょっと運んで少し止まる、を繰り返して、通常徒歩で20分かかる道のりを、とうとうマンションまで運びきった。周りから見れば、相当おかしな人たちに見えただろうが、これも人の目を気にしない田舎者のなせる業（わざ）か。ホッとして、駅前の定食屋でお昼ごはんを食べていた時、向こうの席にひとりで座っていた女性がスッと立って、こちらに歩いてきた。上品なベージュのスーツに身を包んだ、30歳くらいの嫌味なところがない美人だった。とっさに「父め、東京にも愛人を作っていやがったのか！」と思った経緯については、また別の章で触れるとしても、そんなことをまず思わねばならない我が身が哀しかった。女性は「あの……もしや、猫沢○○さんですか？」と父の名を告げた。横にいた母の目が途端につりあがる。ははん、母も同じことを考えたな。

するとと女性は、ポケットから父の免許証を取り出して「お店を出たところの通りで拾ったんです。写真とそっくりのお顔の方がいらっしゃったので驚きましたが」と、手渡した。慌てて確かめてみると、父は確かに免許証を気づかぬうちに落とし、それをたまたま見つけた女性と、たまたま同じ時間に同じ場所で昼食を取ったのだ。こんな素敵なシンクロニシティーも、猫沢家の呪いを前にしては焼け石に水だったが。

＊

この原稿を書いている2022年7月下旬の今日も、朝から小競り合いがあって警察が売人たちを取り押さえているところを、ベランダから眺めていた私たち。

《もしキミが、不幸にも子ども時代に猫沢家に住んだとすれば、キミが残りの人生をどこで過ごそうとも猫沢家はついてまわる。なぜなら猫沢家は移動〝呪〟祭日だからだ。》

第6章 服と全裸と父サピエンス

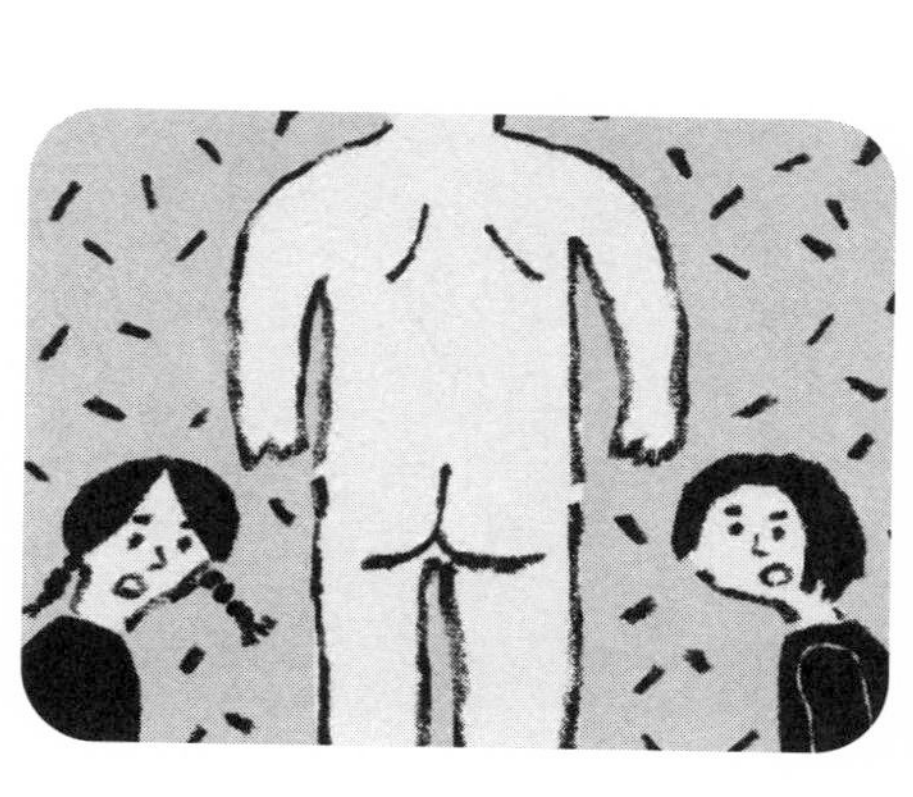

私がパリへ引越したのが2022年2月中旬。ほぼ7ヶ月が経とうとしているが、未だ日本からの引越し荷物が届かない。原因はコロナウイルスの弱体化によって、閉じていた世界が再び開き始め、物流の量が急激に増えたことによる貨物船輸送の世界的な遅延だった。すでに申し込みの時点で、日本の運送会社からは「通常1～2ヶ月で届く船便での国際引越し荷物が、現時点では3～4ヶ月かかる見込みです」と申し伝えられていた。しか

も燃料費の高騰により、恐ろしく値段も跳ね上がっている。しかし、渡仏のタイミングで東京のマンションを売り払ってしまう予定だった私に他の選択肢はなく、すべての事情を飲み込んだ上で申込書にサインしたのだった。ところが私がパリ入りした10日後に、今度はウクライナ紛争が勃発した。コロナ禍の全盛期に世界中の人々が思ったであろう「なあに、戦争よりはマシだ」という、〝あり得ないことを想定しての慰め〟が一気に瓦解し、「マジか……戦争まで始まるなんて」と、暗澹たる気持ちに突き落とされた。

そもそも私がパリ入りした時点では、フランス人の友人が持っている短期貸しのアパルトマンに仮暮らしをする、というところまでしか決まっておらず、引越し荷物を運び込める長期賃貸アパルトマンを見つけることができるかどうかさえ、まったくの未知数だったのだ。その後、渡仏から3週間でアパルトマンを見つけ、引越しまで完了させてしまうというミラクルがやってきて、「やっぱ思い切って勝負に出ると、運命はなにがしか味方してくれるもんだな！」なんて喜んでいたのも束の間、せっかく家が決まって、日本の運送会社へ配送先住所を伝えたのにもかかわらず、回答は「戦争の影響で、いつ出荷できるかの見通しすら立ちません」と、さらにトーンダウンした。

ミラクルさえも、意味なし芳一……べべ～ん♪

と、呟きながら、パリで始まった猫沢版・借りぐらしのニャリエッティー。渡仏時に持ってきたスーツケース大3個と小1個。そして移住前、東京・パリ間を行き来していた当時、借りていた短期アパルトマンに置かせてもらっていた少量の荷物。これが、私の所持品のすべてだった。まず、切実に困ったのが服だった。そもそも、東京のマンションを引き払う際に行った、これまでの人生最大の大整理で、持っている服の80％を人にあげたりして整理してしまっていた私は、最低限の服しか持っていなかった。その中でも、本当に着まわせるものだけを数着スーツケースに入れてきたわけだが、これがさすがに少な過ぎた。向こう6ヶ月は引越し荷物が届かないと予想を立て、その間、出版が予定されている本を書くための資料や、仕事に必要不可欠な本や学術書の方が、服なんかよりもナンボか重要だったから。「服め……」と私は、またもや呟く。服、とは私を長くコンプレックスの殻に閉じ込めてきた命題だった。

＊

1996年、メジャーレーベルからシンガーソングライターとしてデビューした私は、その頃、全盛を極めていた〝渋谷系〟と呼ばれる文化ムーブメントの一角に位置するミュージシャンとして捉えられていた。ファッションに関しても女性アーティストが影響力を持っていたため、毎月なにがしかのファッション誌に私もモデルとして登場していた。レコード会社や事務所のＰＲ戦略のひとつとして、本業の音楽活動の傍ら、こうした露出を繰り返していたのだが、そうするとおのずと読者からは〝ファッションリーダー〟として見なされ、さらなるファッション誌の取材が舞い込む、と。しかし、これが私にとって気が重いこと以外のなにものでもなかった。

そもそも、事務所からはなんとか生活ができるギリギリの給料しかもらっていなかったため、実際には服にお金を使う余裕などかけらもなかったからだ。知り合いがプレスにいるブランドの服を、雑誌掲載の宣伝費と見なしてもらい、どうにか安く手に入れて体裁を保っていただけ。それに元来、なるべく服のことを考えずに暮らしたいと思うミニマリストの私にとって、特に必要もない服を撮影のためだけに買うこと自体、苦痛だった。と、おや？　猫沢さんの実家って呉服店ですよね？　ええ、いわゆる日本の〝服屋〟ですが、それがなにか？

おそらく、コンプレックスの源はそこにある。猫沢家のメンバーが軒並み日本人離れした顔をしていることは、第４章でも語られているが、インドカレー屋を営んでいるのであればいざ知らず、サイコーに着物の似合わない外国人顔の面々が呉服店を営んでいることへの違和感に加え、そこのひとり娘だった私は、何かにつけて窮屈な着物をモデル代わりに着させられることへの反感でいっぱいだった。学校の友達から「お金持ちでいいわね～。あんなに高い着物をいつでも着られるなんて」と言われるのもイヤでたまらなかった。その反動からか、普段の洋服も母が選ぶものを拒否して、小遣いを貯め、自分で買ったりしていた。

小学校の中学年頃、真っ赤な生地に呪いのような黒い太陽が渦巻くエキセントリックなTシャツを買った。すると母に「いい！　あんたみたいなパンチのある顔には、このくらい派手な服が似合う！　これからも人の目なんか気にしないで、派手な服をどんどん着なさい」と言われた。なぜこの時、自分で買ったTシャツを母に見せたのかといえば、買ったのはいいけれどこんなものを着ていったら、悪目立ちして学校でいじめられやしないか？という一抹の不安があったからだ。しかし母がそう言うのなら、きっと大丈夫……と、翌日学校に着ていくと、あっさりその日からいじめの標的となり、クラスのほぼ全員が口をきいてくれなくなった。それで家に帰るなり、母に「お母さんがいいって言ったこのTシャツ着てったら、みんなに無視されたよ。もう、学校に行きたくない」と文句を言った。

ところが母は、謎のアルカイックスマイルをたたえながら「ん、そっか。闘ってこい」と、ひとこと言っただけで、私はその日から数ヶ月にわたり、学校でのいじめに遭い続ける羽目になった。

そんな猫沢家で成長した私の〝服〟に対する基本的な感覚は、相当トチ狂っていたと自覚している。外面と内面に天と地ほどの落差がある猫沢家。内情はグダグダでも、見栄っ張りな彼らが対外的に装う時は、必要以上にビシッとキメる。しかし家の中では、基本的に祖父と父は全裸でいることが多かった。祖父はトレードマークの白い褌一丁。かなり晩年になって体が弱るまで、祖父のパンツを穿いた姿は見たことがなかった。そして父に関しては風呂上がり後の数時間、完全なる全裸で、娘が年頃になっても一向に気遣う様子も見せず、母が称賛する〝バズーカ砲〟をぶら下げたまま、何時間でも家の中をうろうろしていた。その姿を見るたびにホモ・サピエンスという単語が浮かび、もはや父などという社会的立場の役割名も、彼が固有名詞を持った現代人であるという認識も遥か遠くに消え去り、博物館の標本が目の前で動いている感覚でしか、父を見ることができなかった。そんななか、悲劇は起きた。

高校時代のある日、父が山の上に建てた二世帯住宅の新居に、親友のNが遊びに来た。リビングでお茶を飲みながら話をしていた時、その向かいにある風呂場から父の鼻歌が聞こえてきた。一瞬、ヤバいな……とは思ったが、来客についてはもう知っているだろうからわざわざ言わんでも……という私の読みが甘かった。

ガチャ！

突然、リビングのドアが勢いよく開き、そこには生まれたままの父・サピエンスが立っていた。唖然とする私の横にNの姿を捉えた父は、次の瞬間、目にも留まらぬ速さで被っていたヅラをむしりとり、股間に素早くあてがった。プリンセス天功も舌を巻く、まさに華麗なイリュージョン。そして、Nに向かって「いらっしゃい。ゆっくりしてってね」と、気取った口ぶりで言い放ち、それから台所へと消えていった。〝ゆっくりできるワキャナドゥ!!〟と、心の中でラップ調に叫んでいた私。ところがNは、のんびりした口調で「エミちゃんのお父さんってさ、アソコの毛がすごいんだね～」と、こともなげに言って「それでさあ……」と、中断していた話の続きをし始めたではないか。ふとNの顔を見ると、メガネが外れている……そうなのだ。ど近眼のNがタイミング良くメガネを外している時に父が現れたおかげで、まだうら若き乙女だったNの心に、バズーカ砲のトラウマは植え付けられずに済んだ。彼女の視界に映っていたのは、ぼんやりとした父の輪郭と、股間の剛毛、これだけだった。それにしてもN……ぼんやりとはいえ、人んちの親の全裸を目撃しても動じない、さすがしょっちゅう猫沢家に出入りしている私の親友！という感心と、ヅラのオールマイティーな使い道の広さに目から鱗であった。

それから両親の、着るものへのお金のかけ方も、非常にバランスが悪かったと記憶している。まだ一家が没落する前だった子ども時代の私の記憶を遡れば、お金がある上に洒落者だった父は、何着も三つ揃いのオーダースーツを持っており、母も地方暮らしのマダムにしては、垢抜けた流行の服に身を包んでいた。外出先が変わるごとに着替える田舎貴族のようなふたり。ところがこれは、あくまでも見栄と虚構に包まれた外面だけの話だった。

私が中学生の頃、着ていたパジャマが古くなって、あちこちに小さなほころびが出来始めたので、ある夜、両親の寝室へ行って「パジャマが古くなったから、新しいのが欲しい」と頼んだ。ふたりは外国映画に出てくる就寝前の夫婦みたいに、枕をクッション代わりに背中に置いて、上半身を起こしたままそれぞれ本を読んでいた。着ていたパジャマのほころび部分を見せながら「ほら」と、私がアピールすると、ふたりとも読んでいた本をパタリと閉じて、「ふうん……まだまだだな」と父、続いて母が「甘いわね」と、呟いた。

するとまず母が、くるりと私の方へ背中を向けて「お母さんなんか、こう!だから」と、着ているパジャマの背面を見せた。母のパジャマは背中のヨーク部分（背面上部の台形型の切り替え部分）が破れて、布地が下に垂れ下がってごっそり穴が開いていた。するとそれを横で見ていた父が、ワハハと笑って「お母さん、そんなの序の口だろ」と煽った。躍起になった母が「その上！　両脇は、こう！」と万歳すると、脇の下の縫い目が両方ともきれいに裂けて、その裂け目から脇毛がワッサーはみ出ているではないか。それを見届けた父が、待ってましたとばかりに、その最終ヴェールを脱いだ。

「お父さんのは、こうだ!!」

振り返った父のパジャマは背面がぜんぶなかった。まるで「おぼっちゃまくん」に出てくる「びんぼっちゃま」そっくりだったのである。返す言葉もなく突っ立っている私に向かって、「ね?　ま、そういうことだから」と母が言って、この話は当然これでおしまいになった。なぜか当時は、この異様な光景に対しても、なんの疑問も持たず受け流していた自分。しかし、今こうして振り返ると、なぜお金があったくせにパジャマはどうでもよかったのか?とか、あの状態で洗濯して着続けていたというのか!?など、聞いてみたいことが噴出する。大方の予想では、世間でよく言われる〝金持ちのケチ〟に父も該当していたので、多分、人様には見せないパジャマには極端にお金をかけていなかったんじゃないかっていう。その後、呉服店のひとり娘は小遣いを貯めて、両親に新品のパジャマを贈った。自分のパジャマは買わずに……っていういい話も、おまけについている。

*

２０２２年９月現在、相変わらず私はパリで最低限のワードローブで暮らしている。仕事三昧でほとんどアパルトマンから出られなかった今年の夏は、毎日着心地の良いシンプルな素材のＴシャツやタンクトップで過ごせて、むしろ気分がよかった。そしてパリは、クーラーが基本的にないこともあって、街行く人の格好も、本当に気楽なスタイルばかりだった。カニキュールと呼ばれる猛暑時には、水着一丁のムッシュがバゲットを抱えて歩いているし、パリジェンヌたちも90％がノーブラで、透けようが乳首が見えようが、誰もいやらしい目で見たりしない成熟した国、フランス。

移住がきっかけでやらざるを得なかった、ここまでの人生で最大の大整理と、物質主義から解き放たれるフランスでのシンプルな暮らしにより、やっとこの歳で、私は猫沢家の服コンプレックスを脱ぎ捨てた。自分を誇張しない、肌の一部になるようないい素材の長く着られるものだけを、最低限、必要なだけ。そんな考えに辿り着いたのも、猫沢家という反面教師がいたからに違いない。

ところでフランスには各地にヌーディスト・ビーチがあるから、もしも父がまだ生きていたら、南仏のコバルトブルーの海で、思う存分全裸を楽しんでもらえたのにな、と少し残念ではある。

ツルピカハゲ頭を夏の太陽で輝かせながら、ヅラを股間に当てて、水際で大はしゃぎする父の姿が、ありありと目に浮かぶのだ。

第7章

風呂(バス)ガス爆発

２０１９年１月12日。パリ右岸、９区のトレヴィーズ通りにあるパン屋で、大規模なガス爆発事故が起きた。爆発音は四方数キロにわたって轟き、周辺カルチエを一瞬で壊滅状態に追いやるほどの大惨事だった。死者４名、負傷者66名、建物倒壊などの被害者は４００名に上り、その後の事故調査で、原因はパン屋のある建物地下を通っていたガス管破砕によるものと検察官が発表した。

市内の広範囲に響き渡った爆発音を耳にしたパリジャンの誰しもが「すわ、テロか!?」と身をこわばらせた。２０１５年の1月に起きた《シャルリー・エブド事件：パリ右岸、11区にある週刊風刺新聞「シャルリー・エブド」の本社に、イスラム過激派テロリストが乱入し、編集長、風刺漫画家などを含む12名を殺害した事件》と、同年11月13日に起きた《パリ同時多発テロ事件》から4年後の２０１９年は、テロがまだまだ記憶に生々しい時期だったのだ。

パリ市のずさんな管理体制も問われたこの事故が起きた頃、移住を視野に入れたアパルトマン探しのため、９区の不動産情報をインターネットであれこれ集めていた私。というのも、爆発現場からほど近いメトロ12番線のノートル＝ダム＝ドゥ＝ロレット駅周辺には、ハイセンスなお店が結集していて、当時の私が最も住んでみたいカルチエだったから。

この頃、パリ市内で引越しを考えていたある友人も、このエリアに目をつけていたようだが、事故後、「ここはないな……」と、候補から外した。それを聞いた私は「うん、残念ながらないね……」と相槌を打ちながらも、心の中で〝私はぜんぜん違う理由で、だけどね。とにかくガス爆発だけは、ダメだ。ゼッタイ〟と呟いていた。

時は流れ、２０２２年。ロシアによるウクライナ侵攻勃発の10日前という滑り込みで、辛くも移住を遂げた私は、右岸9区とは真反対の左岸13区へ居を構えた。パリ市内ではかなり難易度の高い〝バスタブ付き〟物件を奇跡的にゲットし、安堵したのには訳があった。日本から連れて来た2匹の愛猫のうち、下の子・ユピ坊が大の風呂好き（とはいえ、一緒に湯船に浸かるわけではなく、私の入浴の付き添いを生き甲斐としている）で、彼のためにもバスタブ付き物件を探したかったのだ。

「やっぱり日本人には風呂桶がなくちゃね」そんなことをユピ坊に話しかけつつ、湯に浸かる醍醐味を味わっていた、つい先日のこと。いきなり何かの爆発音が連続してアパルトマンの裏手から聞こえた。音に敏感なユピ坊が慌ててバスルームを飛び出してしまい、我らの極楽がいっぺんで台無しになった。それと同時に〝風呂＋爆発音〟という、私にとっては悪夢を蘇らせる最悪のトラウマスイッチで気が動転し、素っ裸のまま、バスルームの窓をガッと開けた。すると、第5章にも登場したヤクの売人たちが、建物裏手にある広場で、爆竹などというかわいい代物ではない巨大な花火をドッカンドッカン打ち上げているではないか。「……おまえら!!　いい加減、ブッ◯すぞ💢」と、思わず口から出た罵りフランス語を叫びながら、止まらぬ動悸で眩暈がしてきた。湯船にヘナヘナと頽れながら、〝だ、大丈夫だ……ここは日本じゃない。ましてや猫沢家じゃない……〟と、自分に言い聞かせて正気を取り戻すのに、しばらくかかった。私のトラウマスイッチを入れたもの、それはもちろん猫沢家の恐ろしい家族史に由来する。

＊

私が小学校高学年の頃と記憶している。父の弟にあたる叔父のシロちゃん（仮名）が猫沢家にしばらく身を置くことになった。彼の奥さんが初産（ういざん）のために実家へ戻ったため、男ひとりでは食事もままならなくなり「なんならうちにいらっしゃいよ」と母が快く迎え入れたのだ。これが地獄への招待状とは、つゆ知らずに……。

当時の叔父は、地元の公立高校で物理の先生をしながら、民間の物理学者として原子構造の研究に没頭する、一族きっての知性派だった。学者肌でエキセントリックなところもあるシロちゃんだったが、子どもの私にはワケワカメな理論物理学の素晴らしさを面白おかしく教えてくれる、歳の離れた兄のような存在だった。

そのシロちゃんが、ある日の夕方、風呂場のある３Ｆにやってきた……と、ちょっとここで、説明しておこう。猫沢家の家業は呉服店だが、建物は店舗併用住宅と呼ばれる小型のビルで、1Fが店舗、2F、3Fが住居だった。2Fには20畳ほどの広い座敷があって、展示会の時には、店舗としてカスタマイズできるよう造られていたため、住み暮らす人にとっては、快適さのかけらもないヘンテコな構造をしていた。その上、私が小学校へ上がる頃まで風呂場がなく、近所にある銭湯に通っていた。子ども心に風呂がないことを不思議に思った私は、ある日、母にその理由を尋ねてみると「造り忘れたんだって」という、さらに謎めいた答えが返ってきた。造り忘れるっていったい……。その造り忘れた風呂を、3Fの広いベランダの一角へ、掘っ立て小屋のように付け足した形で増設したのが猫沢家の風呂場だった。無理くり付け足したものだから、掘っ立て小屋のすぐ横にあった仏間が脱衣場になってしまった。しかも、猫沢家は本家だったため、仏壇が異様にデカい上、天井近くには歴代のご先祖様の遺影がズラリと並んでいた。その目線を感じながら、生まれたままの姿にならざるを得なかった私は「マリー・アントワネットがオーストリアからフランスへ輿入れした時には、国境で素っ裸にされたそうだけど、こんな気持ちだったのか……」と、毎晩のように同情しながら、お寺の本堂にありそうな巨大な鐘を脱衣籠代わりにして、脱いだ服を入れていた。掘っ立て小屋のドアを開けると、左手にトイレがあって、短い廊下を進むと昔ながらの巨大な給湯器と洗面台、その奥に風呂場があった。

その日、宿題を早めに終えた私は、祖母のベッドに寝転がって漫画を読んでいた。シロちゃんが来たのに気がついて「どうしたの?」と声をかけると「いや～、すっかり世話になっちゃってるからさ。せめてお風呂でも沸かしておこうかと思って」と、シロちゃんは給湯器の方へ向かっていった。私は「へぇ～……そっか」と生返事をしてから、またベッドにひっくり返って漫画を読み始めた。蛇口から勢いよく出る水音に続いて、給湯器の着火ダイヤルをカチッ、カチッとひねる音がする。「あれ? おかしいな」と、シロちゃんの呟く声が聞こえた次の瞬間だった。

ドッカ――――――ン!!!!!

爆風が祖父母の寝室まで一挙に押し寄せて、家全体が揺れたかと思うと、一面、真っ白な煙が充満して何も見えなくなった。強烈なガス臭と舞い上がる粉塵で呼吸もまともにできず、目が開けられない。祖父母のベッドには、田舎の家屋には不釣り合いな高い背もたれがついていて、間一髪、私はそれに守られた。その背もたれは、金色の布地に線画のバラ模様があしらわれた、まさにマリー・アントワネット風の家具調ベッドだった(毎晩、全裸でアントワネットに同情しておいてよかった。涙)。あたりが少し見え始めた時、ハッと我に返って「……シロちゃん!!」と叔父の名を呼んだ。そして、恐る恐るベッドの背もたれから顔を出した。立ち込める煙の中から現れた叔父の姿を見て、「大丈夫!?」よりも先に、思わず「に、似合う!!」と叫んでしまった。そこにいたのは、まさにドリフの爆発コントと見まごうばかりに髪の毛をモジャモジャと逆立てた〝実験失敗博士〟そのものだったのだ。爆風で粉々になった風呂場の窓ガラスの破片で、着ていた服ごと全身ズタズタに切り裂かれていたシロちゃんは、とても笑える状況ではないのにもかかわらず、だ。

「なんじゃコリャアアアアアアア!!!!!」

昭和の名作ドラマ『太陽にほえろ!』で、松田優作扮するジーパン刑事の殉職シーンのごとく、シロちゃんの悲痛な叫びがあたりにこだました。爆音を聞きつけた下の階の大人たちが血相を変えて駆け上がってきて、その後シロちゃんは救急車に乗せられ、病院送りとなった。

事故は人為的なもので、犯人はまたしてもあの祖父だった。祖父は、猫沢家の湯守(ゆもり)だったため、毎晩、嬉々として風呂を沸かしていたのだが、それがまずかった。旧式のガス給湯器は、まず着火してから蛇口をひねって水を出すのが鉄則だったが、祖父は水を出してから給湯器を着火するという逆手順をしていたため、給湯器本体に漏れ出したガスが少しずつ溜まり、満タンになったところでドッカンといった、というのが真相だった。この日も祖父は、シロちゃんに間違った手順で風呂の沸かし方を教えたため、爆発事故が起きた。

走り去る救急車を見送りながら、母がのんびりした口調で言った。

「あーあ。犠牲者2人目……いや、3人目かな?」
「えっ!? こんなこと、前にもあったの?」
「あー……あんたは夏休みの臨海学校かなんかに行ってたから知らないんでしょうけど。何を隠そう、お母さんも被害者だから」

なんと! まだ上の弟・T1(仮名)が1歳になる前の乳幼児だった頃、母は弟を背負ったまま、今日のシロちゃんと同じく、祖父から〝魔の風呂(バス)ガス爆発手順〟を教えられ、病院送りを経験していたという。

「幸いにも今日ほどの大爆発じゃなくてね。給湯器に着火を確かめる小窓があるじゃない？　あそこから火が噴き出して、顔と頭にまあまあの火傷をしたのよ。お風呂場の廊下のガラス窓は全部吹っ飛んじゃったけどね。でも、まだ赤ちゃんだったＴ１に怪我がなかっただけ、運が良かったなって」

母の愛、強し！　しかしこの時も、救急搬送で２～３日の入院を余儀なくされた、まあまあの事故だったのにもかかわらず、なぜ私の記憶に残っていなかったのか。それは退院後しばらく、母が幼い弟共々、実家で静養していたからということが、後になってわかった。母は、祖父と仲の良かった私に、嫌なイメージを植え付けたくなかったのだと思う。優しいなあ……って、ちょっと！　なぜその前に、祖父の湯守をやめさせるか、風呂沸かしの手順を誰も教え込まなかったのか？　そっちの方が問題だろ。

ちなみにこのシロちゃん、祖父のこうした悪意のない悪戯（時に命の危機に晒されるレベル）の餌食(えじき)に、なぜかなりやすい人だった。私が小学生の時の夏休み、家族旅行の運転役を買って出たシロちゃんは、助手席に座った祖父が無理やりパイナップルを食べさせようと邪魔したため、追越禁止車線を見逃して白バイに交通違反で切符を切られ、それから１

時間も経たないうちに、今度は祖父の「白バイなんか二度も来やしねえよ。追い越しちゃいな」という悪魔の囁きにあやつられ、この日二度も切符を切られるという災難に見舞われた。シロちゃん、頭いいくせして物忘れ、はや!?

祖父を毛嫌いしていた父なんかより、よっぽどシロちゃんのことが好きだった祖父。その理由は、普段離れて暮らす次男坊の気楽さもあったのだろうけど、シロちゃんも祖父に似て純粋で、浮世離れしたところがあったからじゃないかと私は思う。

そしてもうひとり、シロちゃんの怪我を激化させた首謀者がいた。実は、掘っ立て小屋風呂の設計を任されたのは父だった。その父が、風呂場の一面を巨大な透明ガラス窓にしてしまったのだ。理由は「俺が敬愛するゴッドファーザーのように、朝日を浴びながら風呂に入るためだ」と豪語した。え……『ゴッドファーザー』にそんなシーンあったっけ? あったとしても、こんな掘っ立て小屋じゃないよね? 父設計による、風呂にあるまじき窓ガラスがこっぱみじんになったせいで、シロちゃんは大怪我を負う羽目になった。

ちなみに私は、この窓ガラスの、また別種の被害者でもあった。風呂場が出来た頃は、まだ近隣にうちと同じ高さの建物がなかったのと、子どもだったので、裸体丸見えのガラス窓でもさほど気にならなかったのだけど、思春期になった頃、お隣さんがうちと似たようなビルを建てた。しかも風呂場の真向かいが同じ年頃の男子の部屋らしく、私は裸体を見せまいと、床にへばりつくようにしながら入浴しなくてはいけなくなった。

ところで、風呂ガス爆発の第一首謀者である祖父は、一度も被害に遭っていない。給湯器にガスを溜め込みはしても、爆発する日は、なぜか不思議と別の人が代わりに風呂を沸かして犠牲者になるのだ。邪気のない天真爛漫な祖父には、何か強力な守護神がついていたとしか思えない。そして何度、事故が起きようが、誰も祖父を責めたりするのを見たことがないのも猫沢家のミステリーだった。言及しないのと同時に、問題改善もしないため、その後も風呂ガス爆発はたびたび起こり「あゝ　この家では死なきゃＯＫってことなんだな」と、私は解釈した。

＊

先ほどから花火をぶっ放していたヤクの売人たちは、周辺住民の通報で駆けつけた警察官に取り押さえられた。あたりに静寂が戻ってから、ハッと気がついた。

「このアパルトマンの給湯システム、ガスじゃないから爆発しないじゃん！」

この気づきにより、多少の破裂音を耳にしても怯(おび)えることなく、ユピ坊とパリでの入浴が楽しめるようになった、ナウ。

第8章　猫沢家の美味しい水

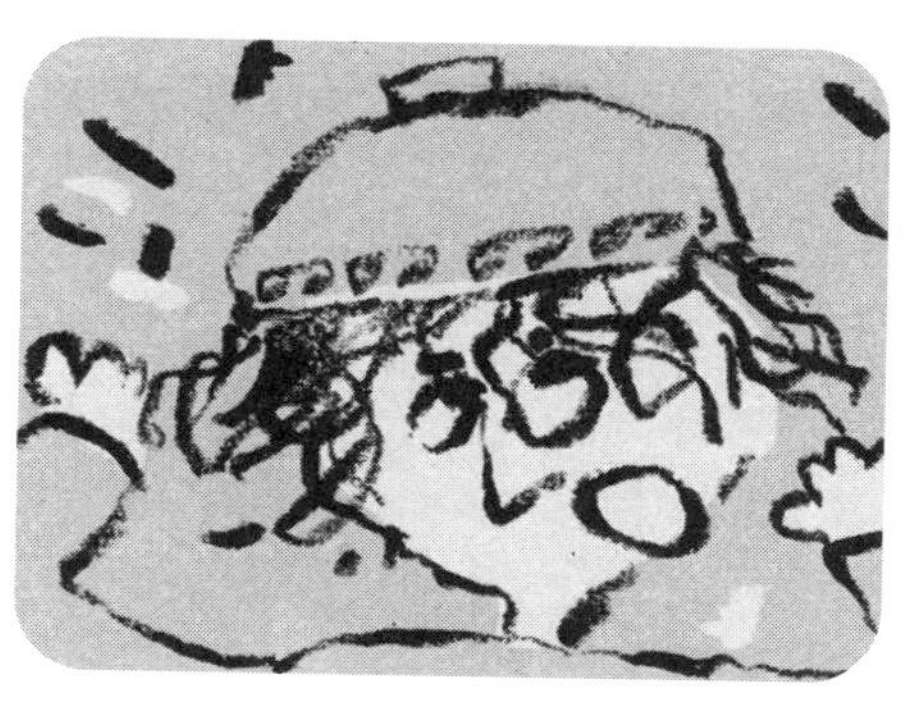

「フランソワ（仮名）さぁ……いいやつなんだけど、酒乱なんだよな。この間もさ……」と始まった彼の話ぶりからすると、フランスでは酒に酔って乱れることが、日本よりもより問題視されているように感じる。実際、路上での泥酔者は警官に身柄を確保されるし、日本ではごく当たり前の文化とされている居酒屋など飲食店での飲み放題も、２００９年に禁止されている。

そもそもフランスで、〝飲む〟時は飲食店では飲まない。もちろんランチやディナーで料理に合わせたお酒は堪能しても、それはあくまでも味わうためのもの。〝飲む〟ためなら、誰それの家にワインを持ち寄ったホームパーティーや、〝アペロ〟と呼ばれる食前酒会がほとんどだ。若い世代はクラブで騒いで朝まで飲んだりもするけれど、クラブの酒は軒並み高く、おしなべてお金を持っていない若いパリジャンが、一晩中店で飲み続けられるというのはあまりないことだろう。そして彼らが実際に、飲むために飲んだとしても、泥酔するほど飲むということは、ほぼない。一度ストレートに「なぜ徹底的に飲まないのか？」と、友人に聞いたことがあるが、「だって、せっかく楽しむために飲むのに、頭が痛くなったり、気持ち悪くなって吐いたりしたら意味がないだろ？」という、至極真っ当な答えが返ってきて納得してしまった。

じゃあ、日本の泥酔当たり前文化っていったいなんなんだろう？と、自然な疑問に突き当たる。日本へ初めて旅行に出かけた大半のフランス人の友人が、東京の路上や地下鉄の駅で泥酔して眠りこける日本人の姿をカメラに収めて、「君ら日本人の日中の真面目さと、アフターファイブのギャップにびっくりした！」と言う。日本の不思議なアンバランスさというのは、フランスに腰を据えてしまうと、よりありありと感じるところだが、確かに前出のフランスにおける〝飲み放題禁止令〟ひとつ取っても、年間１万８２１２人（令和元年調べ）という急性アルコール中毒搬送者がいる日本で、こうした条例が施行されていないことの方が違和感を覚える。私の中で〝先進国〟とカテゴライズできる国とは、人権が守られている、のひとことに尽きるのだが、過剰な労働とストレス発散のために飲む、という日本社会の図式には〝生理的に苦痛のない、健やかな存在であり続ける権利〟に欠けた、名ばかりの先進国、というイメージが浮かぶのだ。

なんちゃって、真面目にフランスと日本の飲酒事情を展開してみたものの、猫沢家の歴史を知る人にとっては、片腹痛い話だろう。特に、超若年短期アルコール依存症歴を持つ私が語るには。

＊

ここまでお読みくださった方には想定内かと思われるが、猫沢家の祖父も父もズバリ、酒乱だった。祖父に関しては、誇大妄想やさまざまな精神疾患を持っていたため、酒を飲みすぎるとよくないなどの一般常識が欠如していて、楽しいから年中飲んでいた、という愉快な印象が強いが、父に関してはまさにシラフじゃやっていられない、であった。とはいえ仕事がキツイとか、真面目に生活費を稼いで暮らす人々の〝シラフじゃやっていられない〟からは遠く離れた特殊な状況下での〝やっていられない〟だったとは思う。父は重ね重ね、もったいない人なのだ。頭脳明晰、文武両道、絵も上手かったし、歌も上手かった。しかし、そのどれをもイマイチ活かすことなく人生を終えてしまった感が否めない。その元凶は、彼の歪んだ性格の悪さにあるのだけど（笑。ここまではっきり娘が言わんでも……）。正気を失った祖父を抱えながら、戦後の呉服店を女手ひとつで切り盛りしてきた祖母の教育に対する余裕のなさ。そこに加え、妙にお金だけがあった環境下で、父は自身のエゴをコントロールする術を知らずに大人になってしまったと、娘の私は分析する。父は、ものすごい口下手で、飲んでいない時には人とうまく話したり、気持ちを表現したりすることができない人だった。そんな人だから、当然、自分の不満や鬱屈した感情を溜め込む。それが限界まで達して酒を飲んだ時、迷惑な形で炸裂する。

「お母さん、この間、お父さんに〝ラーメン大好き小池さん〟にされちゃった」

私が大学1年生の頃だったと記憶している。ある日、母が電話でこう切り出した。当時はバブル崩壊直前の沸きに沸いた好景気で、父が経営していた不動産会社も儲かっていた。

父は財布に常時100万円ほどの現金を入れて持ち歩き、夜な夜な酒場へと繰り出していた。そんな父についた異名は〝夜の帝王〟。こんな静かな田舎町に帝王もクソもあるか……と、当時の私は失笑していた。父が贔屓にしている酒場の人からしてみれば羽振りのいい上客だから邪険にはできなかっただろうけれど、実際に迷惑を被った店は数知れなかった。父は、ある程度のところまでは気持ちよく飲む。ところが、度を越すと途端に普段の鬱屈が炸裂し、暴徒と化すのだった。そして毎度、真夜中に呼び出されるのが母である。この日も、手のつけられなくなった父を引き取りに、真夜中、母が店に出向いて謝ったという。

そして、

「機嫌が直らないからさあ、深夜営業してる大工町の、あのラーメン屋さんあるじゃない？　あそこに誘ってみたのよ。ラーメンでも食べたら落ち着くかなと思ってさ」と、母。

ところが食べている最中、無言のまま、いきなり父が、

バシャ――――――!!

と、母の頭にラーメンを器ごと被せたというのだ。

「もうさ〜……あっけに取られて、お店の人、みーんな固まっちゃって(笑)。お店の女将さんが慌ててタオル持ってきてくれたんだけど、お母さん、完全に〝ラーメン大好き小池さん〟じゃん？　もー恥ずかしくって」と、近所の奥さま友達から聞いた面白話でもするかのように語る母よ。それはかなりの人権侵害だと気づいてくれ！

母は常時、父の酒乱被害に遭っていたので、彼女の安否確認も兼ねて私はちょくちょく実家に電話をかけていた。その中で語られる父のアホらしい蛮行の数々に、一抹の悲哀さえ感じながら。

ある時は、泥酔して家の前の坂で転んだ父が顔面をズルむけにして帰ってきて、そんな父に母は「ズルっぱげなのは、頭だけでもう十分よね！」と笑っているのを見て、この父には、この母が必要なのだなとしみじみ思ってみたり。

父のアルコール依存を激化させていたもの、それは祖父の存在を疎ましく思う気持ちだったのではないかと、さらに分析する。〝働かず、なんの役にも立たない自慢できない親父〟というコンプレックスは、祖父を理解しようとする父の気持ちを阻害していたと思うのだ。そんな祖父も、御多分に洩れず、酒でもいろいろとやらかしてくれた。

下の弟ムーチョがまだ1歳未満の頃、救急車で搬送されたことがあった。原因は、祖父がムーチョに酒を飲ませてしまったことだった。

祖父は、いつものように台所で早めの晩酌を決め込んでいた。夕刻の忙しい時間帯で、母は祖父に「ちょっとムーチョのこと、見ててくださいね」と、ベビーチェアーに座らせたムーチョの面倒を祖父に頼んで、洗濯物を取り込みに3Fへ上がった。その隙に、祖父が酒を飲ませてしまった。

「いやあ〜、ちょうどいい晩酌の相手ができたと思ってさ。ちょっと日本酒飲ませたらニコニコしてるから、ムーチョも気分がいいんだと思ってよ」と祖父は頭をかきながら、ちょっと申し訳なさそうに言った。

泡を吹いて気絶しているムーチョを見た母は、

「きゃあああああああああ!!」

と、半狂乱になりながら救急車を呼んで、緊急入院と相なった。ムーチョはもちろんこの事件のことは覚えていないが、母に似て元来酒に弱い体質なのと、家族の酒乱史が反面教師となって、酒とは縁のない人生を送っているナイス現在。そして加害者の祖父には〝乳幼児には酒を飲ませてはいけない〟ほか、世の中のありとあらゆる常識がなかった。なんの悪意もなく、笑顔で行われるこうした珍事は、祖父の精神疾患がベースとなって、酒がさらなる拍車をかける、というものだった。父以外の家族は、そんな祖父の暴走について、わりとフレキシブルに対応したり流したりすることができたのだけど、父には、あんなんでも意外とクソ真面目で保守的なところがあったから、社会的にスタンダードでない祖父を許せなかったのかもしれない。

　ところでこの原稿のために〝心の酒乱アルバム〟（そんなものがあること自体が、甚(はなは)だおかしい）をめくっていた時、ふと、驚愕(きょうがく)の記憶が蘇った。

確か私が3、4歳の頃。当時の猫沢家には〝台所のおばちゃん〟と呼ばれていた通いのお手伝いさんがいて、昼と夜の食事をこしらえてくれていた。おばちゃんは、夕食時、かならずコップ1杯の冷酒を飲むことを楽しみにしていた。その日も、おばちゃんの夕餉(ゆうげ)の席にはグラスに入った酒が置かれていたのだが、私は透明な酒を水と勘違いして、うっかりそれを飲んでしまった。しかも一気に。

「アッ、エミが日本酒飲んじゃったよ!」

と、周りの大人たちは焦ったが、この時の私の感想は、

「美味(うま)い」

であった。思えばこの時から、猫沢家の酒好き体質の片鱗(へんりん)が私にもあったと言っていい。それから数日経ったある夜、私は先日のコップ酒一気飲みを思い出し、「あの美味(おい)しい水、また飲みたいな」と、とてもピュアな気持ちで台所へ向かった。流し台の下に、日本酒の一升瓶が置いてあることも、もちろん知っていた上で。そして、目的のブツに辿り着くと、

やおら栓を抜いてグビグビと直飲(じかの)みした。

「ぷはぁ～。やっぱ、美味い！」

そして、〝美味しい水〟を飲んだ後は、なぜか気持ちよく眠れるということも発見した。それからというもの幼少の私には如何(いかん)ともし難(がた)い、猫沢家での騒動がひどかった日の夜などに、こっそり飲酒を繰り返した。記憶では数ヶ月間、といったところだろうか。

しかし、ある日突然、私は酒を飲むのをやめた。これもまた、3、4歳の女児が考えるにはあまりにませた悟りだと思うが、「これ以上、〝美味しい水〟を飲み続けたらダメになる！」とはっきり思ったのだ。かくして私は、超早期飲酒と軽いアルコール依存を経て、超早期離脱を終えた。

＊

その後の私は、大人になって30代の半ば頃、遅れてやってきた反抗期のような、酒の強さと若さゆえの（もう大して若くはなかったが）暴飲時代を迎えることとなる。渋谷系時代の仲間達がいるクラブで朝まで飲み（この頃の酒量は、一晩でテキーラ1本）、帰りのタクシーの中では、後部座席から運転手さんにしがみついて「ねえ！　あなた、私の本当のお父さんよね!?　やっと会えた！　お父さあああん!!」などと言っていたと、私にその夜付き合っていた友人が後日、心底呆れた顔して教えてくれた。まともな父親に、私はそこまで餓えていたというのか（笑）。

それが今ではすっかり嗜む程度で満足、というういい具合に収まった。

ほんっと、危なかったと思う。私にもアルコール依存症になる素地は十分にあった。しかし、猫沢家の強力な反面教師と、体からの呼び声――この家の大人たちのようになってはいけません、という戒めが、私をふみとどまらせてくれた。

ところで冒頭のフランソワの話。社会的なモラルうんぬんを横に置けば、どこの国に暮らそうが、誰だってシラフじゃやっていられない時もある。人間が作り出した社会の規定は狭くて、そこになんとかハマろうと必死にもがく人もいる。

そして、ああいう家に育ったからだろうか。パリの路上で酒に酔ったホームレスを見かけるたびに、社会にいまひとつコンタクトできなかった祖父と父を思い出して、妙に優しくしてみたくなったりするのだ。

第9章

シュール・ジジリズム

２０２３年１月下旬、移住後、私は初めて日本へ帰国した。主な目的は前年出版した２冊の本のプロモーションだったが、個人的な心情としては、日本でお世話になった友人たちに直接会って、お礼を伝えたい気持ちの方が強かった。２０２２年の移住時は、まるで逃げる泥棒のように、こけつまろびつ故郷をあとにせざるを得なかった。オミクロン株が猛威を振るうなか、それでなくともややこしい、猫２匹を連れての海外移住。加えて、東

京のマンションを移住のタイミングと当時に売却するという離れ業付きだったので、人と会う時間がまったく取れなかった。わりと律儀な私はこの1年、あの時の不義理がいつも心に引っかかっていた。そして、今回の〝移住後初の日本帰国〟までが、本当の意味での移住完了を意味するのだろうと考えていた。

そうして降り立った1年ぶりの東京。当初は、さほど入っていなかった取材や打ち合わせの依頼が増え、友人、家族との再会ｅｔｃ．……と、フタを開けてみたら殺人的スケジュールになってしまった。それでもこの日だけはと空けていたのは、下の弟ムーチョの長女、つまり私の姪っ子・メイコ（仮名）とのデートだった。明後日にはもうパリへ戻らなくてはいけなかった滞在終盤のある日、メイコを連れて東京・立川にある「絵とことば」がテーマの美術館ＰＬＡＹ！ ＭＵＳＥＵＭに出かけた。

ところで今回のデートの前、ムーチョとＬＩＮＥでこんなやりとりがあった。

私：「このまえさ、メイコの6歳の誕生日だったでしょ？　プレゼントをあげたいんだけど、なにがいいかな？」

ム：「モノはいらないから、思い出を作ってあげてほしいんだ。忙しいと思うけど、ゆっくりメイコと過ごす時間を作ってもらえたら」

……涙がチョチョぎれそうだった。こんな一族のなかで育ったというのに、うちの弟といったら、こんなにまともな人間になって、と。そうなのだ。上の弟Ｔ１も、下の弟ムーチョも心根の優しい、至極まともな大人へと成長した。まとも以上にまともなふたりと私、猫沢家の三姉弟の人格形成については、一族の謎であった。

父の葬儀の際にも、親類から「あんたたちは、あんな大変な親に育てられたのに、よくもまあこんなに立派になって」と涙ぐみながら言われ、３人声をそろえて「最強の反面教師ですよ。ハハハ」と乾いた笑いを飛ばしていた。そして、まだ生まれて間もなかったメイコの子育てを「大変でしょう？」と、親類に気遣われたムーチョが「簡単です。うちの親がしてきたことと真反対をやれば、正解です」と、ピュアなまなざしで決然と言い放った瞬間、私の脳裏には、かのアインシュタインの美しい数式が浮かび上がった。

$E=mc^2$

この数式が意味するところ――〝わずかな物質にもエネルギーが秘められている〟つまり、わずかな希望にも可能性が秘められている――そう、猫沢家のような子どもにとって過酷な環境下にあったとしても、まともな大人になることができるという光！

そんなわけで過日、私はメイコと初めてふたりきりのデートを楽しんだ。当日は楽しみにしすぎて、5時半に目が覚めてしまったというメイコ。この子もムーチョと違わず、猫沢家の血などまるで受け継いでいないかのように、すくすくまともに成長している。何かちょっとしてあげると、すかさず「ありがとう」と素直にお礼が言えるかわいいメイコに、あゝこれが伯母という、美味しいとこ取り特権階級のアドバンテージか！と、震えるような喜びに浸っていた。子どものいない私は、子を持つ喜びも、逆に大変さも知らない。子がいないのだから、当然孫もいない。しかし、世のおじいちゃんおばあちゃん方が大泉逸郎の『孫』を熱唱したくなる気持ちは十分わかった。目に入れても痛くないほどかわいいとは、こんな感情か、と。祖父も私をこんなふうに愛していたのだろうか……ＰＬＡＹ！の最上階にあるＰＬＡＹ！ＰＡＲＫでメイコが飛び跳ねているのを眺めながら、ぼんやりと考えた。

この施設は、子どもが思い切り体と心を動かせるよう設計されていて、期間ごとにさまざまなアトラクションが登場する。〝大きなお皿〟と呼ばれる中央の巨大なすり鉢型の遊具は、クッション入りの柔らかな素材で作られていて、アトラクションはラップをぐるぐる巻きにして作られた弾力のある無数のオブジェ〝バルーン・モンスター〟だ（2023年2月当時）。ここなら転んでも落ちても怪我をする心配がない。五十路の身には少々キツイ、6歳児との追いかけっこで笑いながらすっ転んだ時、幼い頃の祖父とのPlayが蘇った。

暇を持て余していた祖父にとって、私は同じ童心を持つ恰好（かっこう）の友であり、目に入れても痛くない初孫でもあった。毎日午後になると、おじいちゃんとの〝巴（ともえ）投げ大会〟が始まった。畳敷の和室の真ん中に祖父が寝転がり、「エミ！　来い！」と叫ぶ。すると走り込んできた私の体をエイヤと足ですくい、180度回転させて後ろに投げ飛ばすという手荒なPlayだった。落ちた時の背中への衝撃が愉快で、「もう1回！」と、繰り返しねだっていたのだが、今考えると頭を強く打つこともあって、かなり危険な遊びだったと思う。だいぶいい大人になってから発覚した私の頸椎ヘルニアの原因は、もしかしたらこの時期に作られたものなんじゃ……と、疑いを持つ。なぜなら6つある椎間板のうち、4つが飛び出て脊髄を圧迫するという、先天的な要因も疑われる稀なケースとして緊急手術を受けたから。

自分のことしか考えていない人たちの集団、という意味で成り立っていた当時の猫沢家に、正しく子どもの私を扱っていた大人は誰もいなかった。巴投げをされてキャハハと笑っていた幼い私は、身体的にも危ない橋を渡りながら猫沢家をサヴァイヴしていたと言えるかもしれない（振り返れば、他にも危険な事例が多々アリ）。

PLAY！PARKでの最後の遊びは、オブジェ作りだった。子どもが自由にアート制作できるよう、さまざまな廃品資材が並べられていて、ハサミや糊など、道具も自由に使える。牛乳パックやリボンを迷いなく選んで、さっそくお人形を作り始めたメイコを見て、へえ〜……最終形が頭の中でイメージできているのだなと、子どもの感性に感心しつつ、ここでもまた祖父とのアートなPlayが蘇った。

*

祖父とのアートなPlayとは、ズバリ〝観察〟だった。

祖父にはおかしな収集癖があったのだけど、その頃は鯉に夢中だった。第7章、風呂ガス爆発でも詳しく解説しているとおり、店舗併用住宅の我が家に池などあるはずもなく、鯉なんか飼えるわけがないと思っていたある日、幼稚園から戻ると3Fのベランダに巨大な水槽が置かれているのに気づいた。横の長さが2mもあろうかというガラスでできた大きな箱を、ご満悦な様子で眺める祖父。規格外のこの水槽は、もちろん祖父が家族に断りもなく、知り合いのガラス店に注文したものだった。

「おじいちゃん、ここに鯉の赤ちゃんを入れるの？」

「そうだよ。そして立派な大人の鯉に育てて、いつか品評会で賞を獲るんだ！」

と、祖父は満面の笑みで息巻いた。

「それにしてもおっきいね、この水槽」

と、感心した様子で眺める孫を見て、祖父はこっちへおいでと水槽の側面に手招きした。

「えっっっ……？」

「そうなんだ。この水槽は正面から見るとでっかいが、横から見ると薄いんだ」

祖父の言うとおり、水槽の横幅は20㎝ほどしかなく、まるでウエハースのように細長く、アンバランス極まりない珍妙な代物だった。なぜわざわざこのカタチ!?と、今なら即座にツッコミを入れるところ、この家で起きていた他のあらゆる事象の方がずっと珍妙だったためか、この時も〝そういうものなのだろう〟と、すんなり受け止めた。地元のペットショップに注文していた大量の鯉の稚魚がほどなく届き、祖父はコーフンしながら早速鯉を水槽に移し替え始めた。ところが数が多すぎる。それで祖父は、まずビチビチと跳ねる鯉たちを引っつかんでは水槽に重ねて並べ、その隙間に水を張るという方法でなんとかすべての鯉を入れ終えた。まるで東京の地下鉄で、通勤ラッシュに揉まれるがごとき鯉たちの群れは、自由に泳ぎ回ることなどできるはずもなく、その場で体をくねらせていた。

それからしばらくは、幼稚園から帰るとベランダのサッシを開け放ち、向かいの座敷に座って水槽の鯉観察をすることが我々のブームとなった。祖父謹製・謎のバナナシェイク付きで。当時はまだハイカラだったと記憶するミキサーに、牛乳とバナナ、季節折々の祖父が自前で漬け込んだ松の葉っぱなんかの健康酒（アルコールやん！）と、どこかで聞き齧ってきた漢方などを入れて作った絶妙にウマ不味いオリジナルシェイク。小粋なそいつをちびちびやりながら鯉を眺めるという、一見、風流なこのPlayは、まるで現代のアニマルカフェの先駆けだった。ただし、環境劣悪の。祖父に魚の基本的な飼育知識などあるはずもなく、酸素を送るポンプの取り付けも、藻の掃除もしてもらえない鯉たちは日に日に弱っていき、しまいには水槽の下の方にいる鯉からお亡くなりになっていった。通常、死んだ魚は浮かび上がるものだけど、上にはまだまだ存命の鯉たちが頑張っているため、浮かぶこともできない下の鯉たちから順に、その場で深い緑の藻に包まれていくのだった。

「シュールだねえ～……」

と、祖父はバナナシェイクの泡のヒゲを上唇につけながら、こう漏らした。徐々に下から生い茂っていく緑藻のグラデーション。最終的には鯉がちりばめられた、巨大なゼリー菓子のような様相になった。今振り返れば、なんという命への冒瀆か！と、お恥ずかしい限りだが、特にあの家で育った幼い私には、常識的な道徳倫理観も与えられておらず、むしろそれゆえ、目の前に起きている事象を純粋な視点で眺めることができていたように思う。

この時の光景が半ばトラウマのように焼きついた私は、大学進学のために上京すると、田舎にはないバリエーション豊かなレンタルビデオ店でカルトムービーを貪るように観始めた。その中の1本、イギリスのアートフィルムの巨匠ピーター・グリーナウェイの『ZOO』（1985年作品）を観た時の衝撃と懐かしさ（?笑）は忘れ難い。物語は、ヨーロッパのとある公立動物園で働く双子兄弟の動物学者が、数奇なことに同時に妻を亡くし哀しみに沈んでいたところ、ふとしたことから動物の遺体が腐敗していく観察に取り憑かれるというもの。早回しで再生されるさまざまな生き物の最終形態に、なぜか底知れぬ安らぎを覚えたのは、確実に祖父との鯉観察による原風景があったからだと自覚している。私の職業のひとつである映画解説者としての学びは、まさにここからスタートしたのだが、なんの知識もなかった当時、なぜ最初にカルトムービーばかりに惹かれたのかは、本書の執筆を始めて以来、だいぶ自分のことが分析できつつある今の私にならわかる。

ところで猫沢ZOOの鯉たちは、最後にどうなったのかというと、全滅した鯉に勝手に失望した祖父は途端に興味を失い、放置。後始末は、祖母と母に回ってきた。ふたりが恐る恐る水槽に両手を沈めて、絶叫しながら鯉の亡骸をすくうあの声が、今でも聞こえる。

ぎゃあああああ〜〜〜!!……

＊

「エミエミおばちゃん、できたよ」

メイコの声でハッと我に返ると、目の前には牛乳パックのお人形が置かれていた。着物を着せて、キラキラしたエナメルのリボンで帯留までこしらえてある。

「ハートちゃんっていうの」

あああ……お願いだから、このまま真っ直ぐに育ちますように。生命力に満ち溢れたメイコの笑顔を眺めながら、アヴァンギャルドな育ちの伯母は、まさに祈るような気持ちだった。

そういえば、生前の母によく言っていた「もっと普通の家に生まれたかった」っていう愚痴。するとすかさず母は「よかったじゃないの～、変人だらけの家に生まれて！　あんたがいっぱしのアーティストになれたのは、おじいちゃんをはじめ、変人先生たちのおかげなんだから」と。

返す言葉なんか見つかるワキャナドゥ。

第10章 ノストラダムスに夜露死苦（よろしく）

2023年1月24日、シャルル・ド・ゴール空港発、羽田行き。私は彼と熱い抱擁を交わしたのち、19時10分発の機内へ乗り込むため、華麗にパスポートコントロールをすり抜けていく……はずだった。

「ちょ、ちょっと!! ヴィザの期限が2月7日になってる!!」

「なんだって!?」

ふとパスポートに貼られているヴィザの期限に目をやって青ざめた。な、なんてこったい……フランスで外国人が暮らすに当たって、何よりも大切なヴィザの更新を、よりによってふたりともすっかり忘れるなんて。去年の10月から始まった彼の家族問題や、移住初年度ならではの私の忙しさなど、振り返れば忘れても致し方ない状況ではあった。が!それにしてもだ。しかも、今回の日本行きは1月24日～2月6日の予定で、なんと私は、ヴィザの期限である2月7日の1日前に辛くも帰りの便を予約していた。これが8日だったら……と、考えるだけで背筋が凍る。とはいえ、ひとまず私はなんとしてでも日本に行かねばならなかった。今回の里帰りは、昨年出版した2冊の本のプロモーションが中心で、すでに2週間のスケジュールはびっしり組んでしまっていた。幸いなことにフランスでの社会登録や手続きは、もともと彼が担当していたのもあって、私がいない間もインターネットでできる更新手続きは進めてもらえそうだった。しかし、ヴィザを更新するに当たって必要な、昨年の仕事の履歴や請求に関する書類などは私でないと作れず、結果、2週間の滞在中、アポが終わって友人宅へ戻ると、朝方まで書類を作り、連日睡眠時間が3～4時間というハードコアな東京デイズとなってしまった。

パリに戻ってからも、ヴィザ山登山は続いた。その後、ビバークなしで3週間も。私はまあ当然のこととしても、本来ならフランス人の彼が外国人の居住に関する手続きなどする必要はなく、私がいなかったら一生知らなくていいことだった。そうして、外国人のパートナーを持つフランス人は、この国に暮らす移民たちの苦労を知っていく。「なんなんだこの非効率的なサイトの構築は!?」ヴィザ更新専用サイトにアクセスした彼が机を叩いて叫んだ。げに恐ろしきはヴィザ更新……普段は穏やかなアルパカ似の人をここまで怒らせるのがヴィザ更新の不可解かつ不条理なシステムだった。しかし、我々は突きつけられた条件《2022年度の仕事の履歴とその収入証明書、日本の銀行口座の1年分の利用明細書をフランス語に翻訳したもの、2023年度以降の事業計画書、フランスの出版社との出版契約書》総計52ページにわたる書類をなんとか作り終え、期限内に提出することができた（更新時に求められる書類は、ヴィザの種類によってまちまち）。

それから数日、もぬけの殻になっていた時、彼が言った。「やっぱりさあ、結婚ヴィザに切り替えるのがいいんじゃないかと思って」。プロポーズなどという甘いシチュエーションではなく、このやりとりは、外国人パートナーを留めておきたいフランス人が、過去に幾度となく口にしてきた現実的なフレーズだった。そもそもこの国では、結婚というものが、パートナーや財産を守る切り札としての社会手続きという認識で、決して日本のブライダル誌にあるようなロマンチックなものとしては捉えられていないと感じる。もちろんフランスにだってロマンチックな感覚もある。しかし、それはあくまでも先に述べたことが前提でのドリームだ。私の場合、今回のヴィザ更新がうまくいけば、あと3年、フランスでの滞在許可が下りる。しかし、また3年後には今回のように恐ろしく大変なヴィザ更新をしなくてはいけなくなる。ヴィザ更新が大変だからって、さすがにその理由だけで結婚話が出たわけじゃない。そもそも今回の移住は、結婚も視野に入れた永住目的なわけだから、以前からごく自然に結婚についての協議は重ねてきた。

　それに猫沢家育ちの私が、男性に対する幻想だとか、結婚に対する甘いドリームなど見るはずもなく、むしろ〝結婚とは恐ろしい家族を作る間違った初めの一歩〟というネガティヴ極まりないイメージでしかなかったため、結婚に対しては誰よりも醒めた視線で俯瞰（ふかん）していた。もちろん今の彼と、となれば異存はない。私とは真逆の、ごく普通の家庭で常識的に育てられた彼は、私にごっそり欠けている普通の幸せを存分に与えてくれる人だから。しかし遠い記憶の彼方から、不穏な気配が立ち込める。そう、結婚にまつわる、世紀末のあの忌まわしき思い出が。

＊

遡ること今から24年前。29歳だった私は一度、結婚し損ねたことがあった。当時、付き合っていたロンドン在住の日本人の彼が、お父さんのガンの再発を受けて、日本に帰国。それをきっかけに結婚の話が持ち上がったのだ。彼としては、自分の幸せな姿を見せて、お父さんを安心させたかったのだと思う。互いの親への紹介も済み、猫沢家のある福島県白河市にて正式な結納式を開くことになった。そもそもこの段階で気づくべきだった。忌まわしい猫沢家のテリトリーで祝い事など縁起でもないということに。それに再発の初期とはいえ、彼のお父さんは病気を患っていて移動も大変だろうから、我々が実家のある群馬まで赴く（おもむ）と申し出たのだが、彼のお父さんは「お嫁さんを迎えるのだから、こちらからご挨拶に行くのが筋だ」と、福島まで来てくださった。そう、この元彼も猫沢家とは真逆の、勤勉で実直なお父さんと、それを支える辛抱強くて愛に溢れたお母さんのいる、ごく普通の常識的な家庭に生まれ育った人だった。

結納式は、地元で名高い蕎麦屋の個室で開かれた。そもそもここにも私のミスがあった。

結納式の段取りをすべて母に任せたことだ。「大丈夫よ～。娘の結納式ですもの。お母さんがちゃんとやるわよ～」というセリフに騙された。あれだけ「彼のお父さん、ガンが再発してからお肉は避けてるから、魚かベジタリアンメニューのお店にしてね」と口を酸っぱくして言っていたのに、両家が向き合う蕎麦屋の座敷、仲居さんによって運ばれてきたのは、「本日はおめでとうございます。当店自慢の鴨づくし懐石コースでございます」であった。なぬう!? 正面の彼一家に顔を向けられず、うつむいたまま横にいる母を小声で鋭く問い詰めた。

「ちょっと！　あれだけ肉はやめてって言ったのに！」すると母が、

「だってうちのお父さんが、鴨じゃなきゃイヤだって言うこと聞かないんだもん」

母が言い終わるか終わらないかのタイミングで父が挨拶を始めた。

「本日は、遠いところへ足をお運び頂きましてありがとうございます。マッテオくん（元彼・仮名）のお父さまは、現在お肉が召し上がれないと娘から聞いておりましたので、本日は鴨づくしをご用意致しました。ご堪能頂ければと存じます」

〝カモね　カーモね　そーうカーモね　鴨は野菜ー　カモーねー♪　ってアンタ、鴨は野菜なんかーい！〟

心の中で思いっきり叫んでた。

一気に絶対零度まで冷え込んだ結納式だったが、彼のお母さんは「大丈夫ですよ。お野菜もたくさん出して頂いてますし、どうぞお気遣いなく」と、あくまでも柔らかく流してくださった。

食事があらかた終わり、ついに両家の家長による結婚申し出の時間となった。彼のお父さんは、深々と首を垂れて「エミさんをマッテオのお嫁さんとして、年内にはお迎えしたい所存でございます」と父に言った。彼のお父さんに向かって私は頭を下げたまま、当然父も、どうぞよろしくお願いします……と受けると思い、次の言葉を待っていた。ところが何も聞こえてこない。バッと顔をあげて父を見ると、アゴに手をやって考え込んでいるではないか。そして、おもむろに彼のお父さんへ向き直ると、

「ひとつ、大きな問題がありましてな。今年は1999年。つまり、ノストラダムスの大予言によるところのハルマゲドンが起きる年なんです。空から恐怖の大王が降りて来ちゃ、結婚などしている場合ではないのですよ！」

はぁ？

落ちたアゴが戻らぬまま、あんぐりと口を開けて一瞬放心。いやいやそんな場合じゃない。〝母！　フォローしてくれ！〟という私の心の叫びも虚しく、最後の頼みの綱である母が、さらなる追い討ちをかけた。

「そうなんですよ～……やっぱりねえ、ハルマゲドンじゃ太刀打ちできませんものね～～ほほほほほほ」

ブルータス（母）よ、おまえもか。

終わったー……この結婚、破談決定!!

衝撃でその後の記憶が曖昧なのだが、おそらく彼のお母さんがなんとかとりなして、今年は確かに性急すぎるかもしれないから、来年をめどに進めていきましょうということで、その場はひとまず収まったような。まさにハルマゲドン。ってか父、アンタが恐怖の大王だよ！　ハルマゲドンじゃなくてハゲヅラドンだけどな。

人類滅亡のような2時間が終わり、蕎麦屋の駐車場に出た。すると、駐車場の端っこで父と彼がなにやら話をしている。さすがの父も〝マッテオくん、エミをよろしく〟と声をかけているんじゃないかと思った私が甘かった。「エミのお父さんに〝オマエ、太ってんな。スーツがぜんぜん似合っとらんぞ〟って、せせら笑われた」と、後で彼が言っていた。穴があったら地球の反対側まで突き抜けて、なんなら宇宙の藻屑となってしまいたい気分だった。そもそもこの元彼と付き合いだした頃、家族の話をするたび、疑いのまなざしで見られていたのだが、彼が猫沢家に一度泊まった後、「ごめん。俺、実はエミのこと虚言癖じゃないかと思ってたんだけど……本当にいるんだな、こんな家族」としみじみ謝られた（笑）。

そんな恐ろしいTHE世紀末な結納式だったにもかかわらず、彼のお父さんとお母さんは、その後も何事もなかったかのように私を大事にしてくれて、ホッとしていたのも束の間、翌年には残念ながら彼のお父さんが亡くなって、1年の喪に入り結婚延期。さらにその翌年、100歳を越えて存命だった彼のおじいちゃんが亡くなって、再び1年の喪に入り結婚延期。その翌年には彼が会社を興したため、安定するまで結婚は様子見、ということになり、結婚はどんどん遠のいていった。

＊

結納式から12年後、その彼とは別れることになる。父に深い思慮があったとは到底思えないが、妙に野生のカンだけは鋭かった父は、私たちの未来を見通して邪魔に入ったのではないか?と、あれだけひどい目に遭ったにもかかわらず、どこか父を擁護したい気持ちが残るのは、私もただの人の子か。

現在のフランス人パートナーが、初めて日本を訪れていた2017年の冬。末期の大腸ガンで緩和ケア中だった父が、母に見守られて静かに旅立った。「日本にやってきた娘の未来の花婿の顔を、あの世に旅立つ前に一目ヒョイと見て、安心したかのようなタイミングで父は逝ったね」と言った私を、彼は強く抱きしめて「お父さんから託された、エキセントトリックな家育ちの面白い娘を大切にするよ」と言った。これが私の未来だって知ってたのかもね。

お父さん、ハルマゲドンをありがとう。ノストラダムスに夜露死苦。

第11章 ヅ・ラ・ランド

2023年2月14日ヴァレンタインデーをもって、フランスに移住して丸1年の記念日を迎えた。渡航日がヴァレンタインデーになったのはロマンス狙いでもなんでもなく、我が家の愛猫2匹を安全に輸送するための算段をつけた結果に加え、オミクロン株が猛威を振るっていた当時の航空事情が相まって、すべての条件がそろった便が、偶然この日しか見当たらなかったのだ。ちなみに私がフランスへ到着した10日後、ロシアによるウクライ

ナ侵攻が始まり、世界の航空路線が一時、断たれた。
移住と同時に東京のマンションを売却し、コロナ禍終盤のオミクロン山を越え、愛猫2匹をどこへも預けることなく、ドアツードアで東京・パリ間を移動させるというこの上もなく難易度の高い移住計画だった。網の目のように組まれたスケジュールが、ひとつでも狂えば御破算のデンジャラスな綱渡り。しかも私にとっての移住のチャンスは、2月14日から10日間しかなかったことになる。じゃあ〝2月14日よりも前に行けばいいじゃない〟のマリー・アントワネット的発想はどうだったのかといえば、これもまた、マンション売却に伴う、段階を踏んだ契約のあれこれで不可能だった。今思えば、これからの未来は今まで通り、そう簡単に外国間の行き来ができなくなる、ということをまるで予見していたかのような思い切った売却だったが、後ろ髪引かれるものを日本に残さないという決断は、我ながら正しかった気がしている。

そんな人生に一度あるかないかのアドベンチャーな記念日が2月14日に設定されたわけなので、我々カップルとしては今年のヴァレンタインデーに並々ならぬモチベーションを抱いてもよさそうだったが、現実は、期限ギリギリで滞在許可証の手続き、というロマンのかけらもない事務作業に追われていて、気力も時間もほぼなかった。それでも14日の朝、彼が花束をプレゼントしてくれたのは嬉しかった。と、ここでちょっと解説。日本ではなぜか女性から男性にチョコレートを贈って愛の告白をする日、というスタイルで定着したヴァレンタインデーだが、フランスではどちらかといえば男性が女性に贈り物（特に花束が多い）をして、ふたりでゆっくり食事をしながら愛を語らう日だ。もちろん、チョコレートに特化して贈る習慣もない。

毎年ヴァレンタインデーになると、〝Mairie de Paris, Informations ―パリ市からのお知らせ電光掲示板〟に市民から募集した愛のメッセージを表示するのが恒例になっている。その中には『すべてが始まったこの愛の街で僕たちの物語を綴り続けよう』なんていう、詩人も真っ青なロマンチックな文言がズラリと並ぶのだ。これ、フランス語だからさまになるけど、日本語で言ったらなんかこっ恥ずかしい……なんて言ってる場合じゃない。パリ暮らしを1年経てしみじみ感じたのは、世界でよく語られる〝アムール（愛）の国・フランス〟という異名は、わりとそのまんまだなということ。そりゃフランス人とはいえ、愛が濃ゆい人も、薄い人もいるから一概にどうこうとはいえないけれど、普通に仲のいいカップルなら、1日に何度か「愛しているよ」と素直に想いを告げ合うのは当たり前。こうして仲のいいまま、死ぬまで添い遂げるカップルもいれば、そうでないカップルもたくさんいる。ただ、仲のいいお年寄りのカップルは、手を繋いで微笑み合ってキスしたり、まさに一昔前の〝チャーミーグリーン〟のCMに出てくる理想の老夫婦みたいにかわいいのだ。その傍ら、明日のことは誰にもわからない、今を生きるフランス人のフォーリンラブは、突然、炎のごとく燃え上がることもしばしば。アムールの国の都・パリは、それをも受け止める。数年前のヴァレンタインデーに、パリ市からのお知らせとして電光掲示板に表示されたのは、『本日、パリ市内のお花屋さんで花束を買うと、もうひとつは半額！　奥さんへはもちろんのこと、愛人にもお忘れなく♡』であった(笑)。なんて現実味溢れる、人間社会のリアルな影を隠さない粋な計らい。私がフランスを愛してやまない理由のひとつが、公私問わず〝人間だもの〟なヒューマン対応であることだ。

しかし……今でこそ〝愛人〟という単語を耳にしても動じなくなったが、若かりし頃は、私にとって最も遠ざけたいキラーワードだった。

これは、第5章でも触れた「父め、東京にも愛人を作っていやがったのか！」の話である。ここまでの『猫沢家の一族』をお読みになった大半の方が想像するに容易い、父の男性ホルモン過多。その証拠に、20代後半にはズルっぱげとなり、心の友・ヅラと共に人生を歩む、まさに雄そのものであった。

私たちが幼少の頃は、父が夜な夜な酒場を飲み歩くのを薄々感じてはいても、それ以上の詮索などまだできる年齢ではなかったので、実情は定かではない。しかし、私が大学進学で上京する前あたりから、父の大胆浮気は始まったようだ。というのも、何か問題がなければ盆暮正月くらいしか帰省しない都会暮らしの学生となってしまったため、母や弟たちから伝え聞く以外、父の生態についてぃては直接知ることがなくなった。そんな私が父の異変に気づぃたのは、お盆に帰省した時だった。ふと、物干し竿にぶら下がっている父の洗濯物を見て目がテンになった。これまで穿いていたでっかぃ白ブリーフの姿は跡形もなく消え、代わりにテラテラ光る黒いサテン地のバタフライセクシーブリーフみたいなパンツがズラリと干されていたのだ。ちょ、ちょっと待てよ……父が自ら洗濯なぞするわけがないから、これを干したのは当然、母。私はすぐに母のところへすっ飛んで行って、鼻息荒く嚙みつぃた。

「なんなのあのパンツ⁉　お父さん、とうとうイッちゃったの⁉」

するとは、しばし「ん――」と考え込んでから、言いにくそうに、

「お父さん、浮気してるみたいなのよ。夜、飲み歩くのは相変わらずだけど、朝まで帰って来なかったりね。パンツもすっかり色気づいちゃって。香水なんかつけたことなかったくせに、今じゃ〝エロイカ〟っていう、やらしい香り、つけてるのよ」

ハゲ〜と　エロイカ　く〜そオ〜ヤジ　ス〜ケベな香り〜♪ってそれ、トロイカ。

じゃなくて、おいおい、その色気パンツ素直に洗っているのは誰ですか——い、とツッコみたかったが、その前に、なぜこんな事態になるまで母は私に電話してこなかったのか?であった。

「だって余計な心配かけると思って〜」

と母は、当事者意識があるんだかないんだかわからない、のんびりしたいつもの調子で言った。その母心、嬉しいしよくわかる。しかし彼女の妙な忍耐力と、はじめからひとりではどうにもできないことを無理やりなんとかしようとした結果、問題が悪化した状態で我ら姉弟に降りかかるという魔の公式が常だったため、当時、高校生と中学生だったふたりの弟たちには、「何かあったらすぐに電話しろ」と強く言い聞かせて、再び東京へ戻った。

それからしばらくは、母からも弟たちからも特に連絡がなかったため、父の浮気は一旦落ち着いたのかと思っていた。ところがその年の年末帰省時、弟たちが「ねえ、聞いてよ！この前さ、すっげえことがあったんだよ」と、嬉々とした様子で駆け寄ってきた。話はもちろん、父の浮気騒動についてだった。

以前から怪しい女が誰であるかは、私も薄々知っていた。こともあろうに父が母と私の前で、これみよがしに浮気相手の女・サヨリ（仮名）に電話をかけたことがあったのだ。

「サヨリ〜ィ♡　アイシテルよ！」

気色の悪い父の猫撫で声が脳内リフレインするなか、私は横を向いて「シネ！」と毒づき、母は「ケッ！　バカじゃないの!?」と呆れ果てた。

「その女をさ、この間、オヤジがうちに連れてきちゃったんだよ！」

なぬう!?

なんの前触れもなく、サヨリを連れて家に帰ってきた父の、いつもとは違う気配を感じた弟たちは、すぐさま吹き抜けのリビング階段上の自室に隠れて、事の顚末をドアの隙間から凝視していた。

サヨリは父よりも年上で、痩せぎすの美人でもなんでもない、陰のある女だった。彼女は彼女で突然愛人の自宅、しかも本妻が在宅中のところへ連れてこられて、ひどく困惑しているようだった。

父がサヨリを母に紹介している間、母は拳を握りしめ、相手の顔を睨みつけたまま怒りに震えていた。その母が次の瞬間、深く身を沈めたかと思うと、まるで野生の猿のごとく空高く舞い上がり、スナップの効いた手首を華麗にひるがえしながら、父の頭に張り付いていたヅラをむしり取った!

「アッッ……!!」

父が聞いたこともないような呻き声と同時に頭上へ手をやるも、時すでに遅し。母はドンッ、と芯のある着地音をリビングの床に轟かせた。そして右手に戦(いくさ)の勝利の証——武将の首（父のヅラ）を猛々しくかざした母は、それを力のかぎり床に叩きつけて叫んだ。

「アンタッ！！　この人、ヅラだって知ってんの!?」

顔面蒼白となって、漫画のようにアワアワする父の冷や汗まみれのハゲ頭と、床にころがるヅラを、サヨリは白目をむきながら交互に眺めていたそうだ。

残念！　サヨリ、父のヅ・ラ・ランド、知らなかった——……。

「今回は、オカンの一本勝ちだね〜。いやあ、お見事だったよ！」

と、まるでひとんちの面白話をするかのような弟たちを見て〝こいつら、折れない……！〟と、感心していたのも束の間、その後、父がサヨリに新築の家一軒、こっそり建ててあげちゃってたのが発覚。ワオ♡ゴージャスなプレゼント、ってオマエがそういうことやってるから、この家没落したんだＹＯ！

ところで、このサヨリ以外にも、父が惹かれる相手には〝年上の苦労人〟という共通項があった。サヨリも含めて浮気相手の職業はみな、水商売だった。私が分析するに、父は〝種馬〟的な男の本能で浮気をしていたのではなく、満たされなかった母（私の祖母）の愛を求めて、年上の女を渡り歩いていたマザコンだった。父のめちゃくちゃな人格形成も、もとはといえば母親である私の祖母が面倒を見ず、お手伝いさんや呉服店の従業員に任せきりにしたためだ。家督を継ぐ雇い主の長男など誰も叱ることができず、甘やかされ放題だった父は、せっかくの才能も、（きっとあると信じたい）性格のいいところも、〝感情コントロールができず、性格が破綻している〟という理由で、棒に振り続けてきた人生だった。じゃあ、祖母が悪いのかといえば、精神疾患の夫と3人の子どもたちを抱えて戦後の呉服店を切り盛りしてきた彼女を誰が責められよう。祖母に苦労をかけた祖父も、ある意味、戦争の落とし子だったし……という具合に、辿れども辿れども、この家に起きたあらゆる不幸、不運の元凶について、誰も責められないというのが、当時から現在に至るまで、一貫した私の猫沢家分析だ。

もちろん私と弟たちが常識はずれな大人に対して、特別耐久性に優れた子どもだったはずもなく、珍事が起こるたびに宇宙の果てまで逃げたいほど嫌だった。嫌だったが、グレるなどの行為で大人の注意を引き、承認欲求を満たすなどという、一般的な手法が猫沢家の大人たちに通用するはずもないことは、日々巻き起こる事件の珍妙度からわかりきっていたから、この家で生きるため、私たちは子どもながらにアイデンティティーの守り方を編みだしたのだと思う。それが、目の前で起きたことを素早く笑い話としてパッケージする、という方法だった。自分の身に起きたことを、現実から引き離して他人事として笑う、という、文章にすると自虐的とも取られかねない身の守り方を、私も弟も幼い頃から自然に身につけていった結果、最終的に『笑って許して』和田アキ子的境地に達した。

誰も責められないのなら、許すしかない。どうせ許すのなら暗い許しじゃなく、笑える明るい許しの方がいい。

その後、この事件はいつの間にか耳にしなくなったところを見ると、本当に母の類人猿ジャンプアタックが効いたらしい。

＊

かつて若気の至りで妻子ある人を好きになった時、母に相談したことがあった。すると母は、頭ごなしに「アンタ、何やってんの！」なんてことは言わず、いつものように、すこし「ん――」と考えてから「本気なら、ちゃんと奥さんに会いに行って話し合いなさい。それが人の道ってもんよ」と言った。思えばその頃、母は父の浮気に絶賛苦しみ中だったはずなのに、自分の負の感情を娘の状況とごちゃ混ぜにしたりはしなかった。むしろ、浮気相手の女性を気遣うような発言も、これまで多く聞いている。めちゃくちゃな金銭感覚と暴走する間違った行動力で、一族の没落に一役も二役も買っていた母だったが、素の人間的な部分は、弱者に対する博愛が多分にあった。それが、歪んだ性格の父を受け入れたり、社会からドロップアウトした祖父を労わったりした理由だったのかもしれない。

元カノだろうが元ヨメだろうが、カミングアウトした後の新しい同性の恋人だろうが、その子どもたちも含めて最後はビッグファミリーになることが、わりと当たり前のフランスで、私もステップファミリーの仲間入りをしようとしている今、経験として〝じゅうぶんやっていけそうだな〟と思えるのも、ある意味、猫沢家の愛の遺産なのだろう。

第12章

湯湯（ゆゆ）しき問題

いきなり冒頭からだいぶ個人的な事情に触れるけれども、現在パリのアパルトマンでフランス人の彼、私、２匹の愛猫と暮らしている我が家は、ちょっと前の言葉で言うところのいわゆる〝ディンクス〟世帯だ。しかし彼には、２０１６年にカップルを解消した元パートナーとの間に年頃の娘がふたりいる。彼と娘たちとの関係性は概（おおむ）ね良好だが、元パートナーとの意見の食い違いで、ここしばらく気苦労の多い時期だった。

フランスでは、カップル間に起きる揉め事や別れと、親子の関係はまったく別のものとして扱われる。親権も半々であることが多く、別れた後の子育てについても、基本的には両親が半々で受け持つ。だから、たとえ二度と会いたくない元パートナー同士だとしても、子どもを通じて一生の付き合いとなることについては、カップル各々、さまざまな心境もあるだろうが、離婚となれば両親のどちらかが親権を持ち、ややもすると子どもに会えないなんていう哀しい結末がよくある日本に比べれば、毎日娘たちと会うことができる彼の状況は決して悪くない。それにしても、だ。どんなに些細なことでも家族問題とは、指に刺さった棘(とげ)のように、それが抜けない限り心が晴れないもの……っていうのを誰よりも知っている、家族問題の総合デパート・猫沢家育ちの私は、彼の心持ちを不憫(ふびん)に思っていた。そんなある日の夜、浮かない顔をして帰ってきた彼が「最近、背中のこわばりがひどいんだ。ストレスかな」と言うのを聞いて、入浴を勧めてみた。入浴、つまりバスタブにお湯を張って浸かる、我々日本人スタイルの〝風呂に入る〟である。

第7章でもお話しした通り、パリ移住に当たってのアパルトマン探しで私がこだわった〝バスタブ付き物件〟という条件は、入浴大好き日本人ならではの譲れない条件であって、フランス人にとってはかならずしもそうではない。むしろフランス人が望むのは、シャワーの水圧が高くてお湯が豊富に使える給湯タンクの大きなアパルトマンだろう。そんな、圧倒的に風呂といえばシャワー、というお国柄のフランス・パリで、バスタブ付き物件が限られているのはもちろんのこと、実際にそれが使えるかどうか？というところも難易度が高いのだ。日本が圧倒的にガス給湯器なのに対して、フランスは電気給湯器が主流。つまり、1回に使えるお湯の量はおのずと決まってくるため、たくさんのお湯を使う入浴は大変贅沢なアトラクションなのだ。家族4人世帯なら、他の家族がいない時でないと難しいかもしれない。

ところがそんな問題も我が家はクリアしている。60〜70年代に建てられた近代建築のこのアパルトマンは、建物の各階床に埋め込まれた配管をお湯が循環して建物全体を暖める中央暖房システムだから、電気暖房システムのアパルトマンよりも水圧も水量もある。つまり入ろうと思えば毎日だって入浴できるという、パリでは夢のような確率のアパルトマンだってこと、おわかり!?と、思わず詰め寄りたくなるほど、彼の入浴への関心はゼロに近かった。そう、この夜までは。

彼に〝風呂に入る〟素晴らしさを理解してもらう絶好のチャンスが訪れた。入浴大国ニッポンのOMOTENASHI魂を発揮し、まず、湯の温度は熱すぎない40℃でためる。

私なら42℃だが、これにフランス人を浸けるとダチョウ倶楽部の熱湯風呂のようなことになる。猫舌フランス人は、舌だけでなく肌も熱さに弱いのだ。ちょうどいいお湯加減のバスタブにチェコのハーブ入りバスソルトを入れ、バスルームにキャンドルをいくつも置いて、Bluetoothスピーカーからは、Directorsoundの名アルバム『Into the Night Blue』っていう、自分でも惚れ惚れするような選曲でオンエアー……と、一連の準備を嬉々としてやっていたら、なんだか自分が怪しいリラクゼーションサロンのオーナーみたいに思えてきた。そう。私には入浴への並々ならぬこだわりがある。

「お客さま〜、準備が整いました」

と、それらしく声をかけると、彼がおもむろに湯船に浸かった。そして、

「だは〜〜〜……（忘我）」

と声を上げ、そのまま目を閉じて深い瞑想の世界へ降りていった。

その姿を陰からそっと眺めていた私は、〝堕ちた……！〟と小さくガッツポーズを決めながら、この入浴へのこだわりがどこから来ているのかを、確かに察知していた。

あの忌まわしい思い出……風呂運のない私――

その発端は、もちろん猫沢家の歴史に由来する。そもそも爆発しやすい風呂で育ったというだけで、じゅうぶん風呂運には恵まれていないが、悲劇はそれだけでは終わらなかった。

＊

私が小学校高学年頃だったと思う。この日の夜も、ご機嫌に風呂の準備をしていたのは、あの祖父だった。これといった仕事がなかった祖父にとって、人生は大いなる趣味の時間だったから、その時期ごと、さまざまな趣味に没頭していたのだが、この頃は〝家の裏手にある駐車場の雑草研究〟というのがマイブームらしく、毎日数種類の雑草をとってきては、何かに転用できないかと謎の試行錯誤を繰り返していた。祖父ひとりであれこれやっているぶんにはいいのだが、雑草をリカーに漬け込んだ、彼曰く〝健康酒〟を勧められるなど、家族を巻き込んだ場合がやっかいだった。

そもそも嫌な予感はしていた。数日前、つんだ雑草をふんだんに入れた〝雑草風呂〟を祖父が支度して、一家はすでにザワついていたからだ。しかしまさかあんな角度で来るとは、祖父とはわりとツーカーの仲だった私ですら予想できなかった。

いつものごとく、仏間に置かれた巨大な鐘を脱衣籠代わりに服を脱ぎ捨てると、掘っ立て小屋の風呂場へ向かい、風呂のフタを開けた。すると、知っているような、知らないような異様な匂いが立ち上り、一瞬湯気で遮(さえぎ)られた視界に飛び込んできたのは、よくわからないトロリとしたものと小さなつぶつぶの何かであった。ファンタジー映画の魔女の薬釜へ入るがごとく恐る恐る体を沈めてみると、えも言われぬモワンとしたカビ臭が立ち上り、思わず咳き込んだ。それ以上に、肌へまとわりつく質感の気味の悪さに耐えられず、小屋横のベランダで洗濯物を干していた母に向かって叫んだ。

「おかーさーん！　なんか風呂がおかしいんだけど!!」

すると、母から驚愕の答えが返ってきたではないか。

「あー……ごめんねえ。今夜は腐ったみかん風呂だから。カビが生えたみかん、おじいちゃんが捨てるのもったいないから、お風呂に入れてみたんだってー」

〝今夜は腐ったみかん風呂だから〟

〝今夜は腐ったみかん風呂だから〟

〝今夜は腐ったみかん風呂だから〟……

母の返答のどこをとっても尋常ではなかったが、まるで当たり前のことのように言い放たれたこのワンフレーズが、頭の中でリフレインした。

「ちょ、ちょっと！　なんで入る前に言ってくれなかったの!?」

金切声で叫ぶ私に、母は、

「もー……しょうがないじゃーん。おじいちゃんが入れちゃったんだから。箱の中で腐ってたみかんがもったいなくて、試してみたかったんだって。アンタもごちゃごちゃ言ってないで、早くあったまりなさい！」

と、まったくとんちんかんな返事をした。

ハ!? こんなんであったまれるか――――い！

と、思いっきりツッコミを入れていた私。しかし！ 誰よりも当時の私自身にツッコミを入れたい。なぜそんな恐ろしげな風呂に素直に入ったのかを。そもそも元を辿れば、腐ったみかん風呂の真実を知りながら、その夜すでに入浴を終えていた母をはじめ、一家の誰ひとり、〝腐ったみかん風呂を掃除して風呂を入れ直す〟という発想がなかったのか、まったくもってミステリーだ。または風呂に入らないという選択肢もあったはずなのに、皆が皆、眉間に皺を寄せながらも入っている。しかもそのうちのひとりが私ではないか……！

そうなのだ。これが猫沢家の間違った方向性での懐（ふところ）の深さなのだ。確かに腐ったみかん風呂に入ったって死にやしない。この家で日々繰り広げられるガス爆発や、ややもすると命に関わるような、その他の事件に比べたら屁でもないっていうトチ狂った忍耐度。いや、忍耐などという意識はなかった。特にまだ子どもだった私や弟たちにとっては、これが知っている唯一の日常だったから。

ガス爆発と同じく、この腐ったみかん風呂も祖父が気に入ったのか、母のセリフと同じく3回リフレインし、なぜか私もぶうぶう言いながらも3回入った。3回繰り返されたのは、先に述べた猫沢家の間違った懐の深さにも由来していただろうが、この件に関して裏で祖父を助長していたのは母だったのではと、私は疑惑の目を向ける。

「あのお風呂、意外とお肌すべすべになるよね」

という、母の聞き捨てならないセリフが今も耳を離れない（白目）。

……ハッと我に返ると、時代は２０２３年、パリの浴室だった。複雑な処方のハーブバスソルトの香りに包まれて、スピーカーからはロマンチックな音楽が静かに流れていた。

「は――――……これ（入浴）は、本当に素晴らしいね」

つくづくとため息を漏らしながら彼が言ったそのひとことで、私のニッポン文化OMOTENASHI大使としての役目は無事に終えたが、その裏には体を張った?不運な過去があったことは、まだ家族問題の最中（さなか）にいる彼には話していない。

第13章

死んでいるのに死んでいない人々

バンッ！

パリの深夜、私のアパルトマンの玄関近くで謎の破裂音が響いた。恐る恐る近づいてみると、昨年のクリスマスにデコレーションとして膨らませた風船が、ひとりでに割れたらしい。ハテ、風船がだいぶ古くなって割れるということはあるらしいが、まだクリスマスからさほど経ってもいないのに割れることがあるのだろうか。その夜は寒く、窓はすべて閉め切っていたから、風で動いてなにか鋭利なものに触れたという可能性もない。

　実は初めてのことではなく、こうした不思議な現象は時期によって私の場合、よく起きる。死んだ人の魂が云々ということではなく、これは生霊、つまり何かの理由で私に向かって飛んでくる気のようなものを、モノが代わりに受け止めているのだろう……と、なんとなく考えている。昔から、モノが身代わりとなって人を守るとよく言うけれど、まあ、そんなところなのだろう。

　このことを受け、ふと思い立って下の弟ムーチョに連絡を取ってみた。すると案の定、

〝今朝、オトンとオカンの仏壇のところに行ってみたら、ふたりの遺影と位牌が散乱してて、なんか怒ってるっぽいぞ〟

と矢継ぎ早にメッセージが返ってきた。ムーチョ宅には、焼きちくわによく似た模様だから〝ちくわ〟と名付けられた犬がいる。しかし、昨夜は2Fの寝室にいて、ちくわの仕業とも思えないと。

〝オネエがネコイチ（「猫沢家の一族」）なんか書いてるから怒ってんじゃないの？〟

あははー確かにね〜。でも、ぜんっぜんヘッチャラ。どーぞどーぞ、好きなだけ暴れてくださいな、ってなもんだった。生前、あなた方がしでかした数々の惨事の方が、我々にとってはよっぽど生きた心地がしなかったわけだから……って、本当だ。今こうして振り返ってみると、猫沢家の人々は、本当に生きていたのかさえ疑わしい。そして死んだ後にも、このように何かと存在感をアピールしてくるあたりは、形がなくなっただけで、実はぜんぜん死んでいないようにも思える。

「死んでいるのに死んでいない人々……猫沢家なら、さもありなん」

と呟いた私の脳裏に蘇る、18歳までを過ごした故郷・白河での数々の怪事件と、猫沢家のスピリチュアル体質について。

はじめにお断りしておきたいのだが、私自身は無神論者の無宗教、世の中の現象は科学的な根拠がなくては信じない反スピ人間であると認識している。しかしこれは、たとえるならば〝霊媒師の家系に生まれた人が、その世界をよく知っているだけに、自身の血筋や能力を否定した反動で科学の道を志した〟みたいなものだという自覚はある。

＊

私が最初に、世間で〝霊〟と言われているようなものを見たのは中学2年生の時だった。私の母校・A中学校には、文化財に指定されてもよさそうなほど古めかしい体育館があった（現在は新築されている）。吹奏楽部のパーカッション担当だった私は、毎晩8時頃まで部室に残って練習するのが常だった。その日も、残り少なくなった最後の部員たちと足早に校舎から出る途中、体育館の前を通らなくてはいけなかった。以前から、なんとなく気味が悪いと感じていたあの体育館の。

すると、灯りの消えた真っ暗な体育館から、バスケットボールをゆっくり床に打ちつけるような音が聞こえてきた。

バーン……バーン……バーン……

それは、ドリブルと呼ぶには開きすぎた間合いの打撃音で、まるで天井までボールを跳ね上げているかのように深く響いた。私は〝電気を消されても練習したいバスケ部の生徒が残っているのだな〟と思い、開いている体育館の入り口を覗き込んだ。すると闇の向こう、ひとりの男子がうつむき加減でボールを床に打ちつけているのが見えた。

〝あ〜……なんだ。やっぱり練習してたんじゃん〟そう思いながら体育館の前を通り過ぎて家に帰った。

家に帰って夕食を食べながら、「そういえば、今日ね……」と、家族に先ほどの体育館での話をした。「お化けかなあって一瞬、思ったんだけどさ。そんなのいるわけないよね。アハハハ……」私の笑いとは裏腹に、父がめずらしく神妙な顔をして、それまで忙しく動かしていた箸を止め、ハタと置いた。そして、

「それ、生きてなーい」

えっ!? それ、キレてなーいじゃなく? えっ!?

「今日、おまえが見たのは俺の同級生だ」

と、カルロス・ゴーン系サン＝テグジュペリ瓜二つの顔で言った。

父の母校も私と同じA中学校で、あの体育館はすでに父の代には建設されていたものだという。父が私と同じ、中学2年生の時だった。父とは別のクラスの体育の授業中、痛ましい事故が起きた。昔の体育館は今に比べると造りがいい加減で、バレーボールやバスケの授業中、高く上がりすぎてしまったボールが天井を突き抜けて、屋根裏から下りてこないということがよくあった。その場合、体育館のステージ横にある空中ドア（普段はハシゴがなく、人が上がれないようになっている天井裏へのドア）にハシゴをかけて、ボールを取りに行かねばならないのだが、父の同級生はその際、運悪く天井を踏み抜いてしまい、落下死してしまったのだという。

「体育館にバスケットゴールが4つあるだろ？　そのうちのひとつの床板が、何回張り直しても継ぎ目が盛り上がって、転ぶ生徒が続出してるって、この間、おまえ言ってたよな？　そいつが落ちたのはあそこだよ」

……!! なんと。昭和50年代末の田舎町で育った無垢な中学生にとって、これまでスピといえば、当時のバラエティー番組で観る、THE昭和な心霊番組止まりだったのが、いきなりコレ、現実になった。私の知っているスピの世界とは、青森のイタコがジョン・レノンの霊を降ろす時、「わだすが、じょん・れのんです。よーごにあいでぇ」と言ってるのを見て思った〝わりと愉快な世界なんだな〟っていう間違った認識だけだった。

確かに体育館の4つあるバスケットゴールのひとつの真下にある床は、これまで何度も張り替えては盛り上がり、走っている生徒が足を取られるという問題が頻発していた。しかし、なぜそこばかりが盛り上がるのかについては、体育館そのものが古いから、という理由で誰もさほど気にしていないようだった。

ところがその年の夏休みに入る前日。担任で体育教師のK先生が、ガリ版で刷った藁半紙のプリントをクラスの生徒に配ったところから、夏本番の恐怖体験が始まった。そこには、この中学校にまつわる七不思議が事細かに書かれていて、しかもそのどれもが史実に裏付けられたドキュメンタリーだったのだ。そこにある7話のうちの1話こそが、まさしく先日、父に聞いた同級生の転落事故の話で、起きている不思議な現象（夜になると誰もいない体育館にボールをつく音がする）まで、私が体験したのと一緒だった。

他には、校庭の第4コーナーにある、快晴の日でも決して乾くことのない人形のシミについても書かれていた。この中学校は川のすぐそばに建てられていたが、古くは学校の敷地まで水辺だった。しかしその後、埋め立て工事が行われて、現在の校舎が建つに至る。その、埋め立て前に悲劇は起こった。まさにこの場所で溺れて水死した人が史実に残されている（このシミについては、生徒の間で奇妙な噂がなくもなかった。ある日、第4コーナーを走り抜けようとしていた生徒が、原因不明の息苦しさに襲われて倒れたのを覚えている……）、というような話が、小さな文字でびっしりと7話収められていた。

K先生の恐怖新聞ばりのプリントを引っつかみ、急いで家に帰って母に報告した。

「お母さん！　この間、お父さんが言ってた体育館の同級生の話、K先生が作ったこのプリントに載ってたよ」

お茶飲み休憩中の母は、どれどれというふうにプリントを覗き込み、それからしばらくふむふむとひとり納得したように頷いてから「あのね」と切り出した。「いい機会だから言っとこうと思って。この間、あんたがお化けみたいなものを見たって言ってたけど、あの時、それ聞いて誰も驚かなかったでしょ？　実はおじいちゃんも、お父さんもフツーに見える人なのよ。まあ、おじいちゃんの場合、誇大妄想もあるから普段からどこまでが現実なのかわからないけど、お父さんはね、こういうことよくあるみたい。この間なんか、夜中に台所で冷蔵庫が開いてて、誰かが屈んで中を見てるのか足しか見えなかったらしいのね。それで〝はは〜ん、お母さん、また夜中に大福漁ってんな〟って思って、いきなり『何やってんだ！』って大声出して冷蔵庫を覗いたら、誰もいなかったんだって〜〜〜〜もーやあねえ、ほんと！　お母さんなんか、霊だの生霊だの、ぜんっぜんわかんないから。ひとつも感じない人間で、ほんとよかった」そう言って、おやつの大福の周りについている白い粉をパフパフさせながら、目を白黒させた。母は、あんこに目がない和菓子党で、昼間に買った和菓子を冷蔵庫に隠していた。それを真夜中、家族が寝静まった後にこっそり食べるのが母の楽しみだった。

「そういうわけでさ、あんたが見ちゃうのは家系だから、特別なことじゃないって話と、もうひとつ。あんまり向こうの世界に行っちゃダメだよ」

と、母は言った。最後のフレーズは、聞かずともなんとなく言わんとしていることがわかるような気がした。

確かに父は、昨夜の巨人阪神戦の結果を言うかのごとく、不思議なことをさらりと言うことがよくあった（ちなみに成長後の下の弟ムーチョにも、この体質がある）。小学校の低学年あたりまで、たまに父と、あの爆発する風呂に入っていたのだが、その時も風呂の大きな窓から夜空を見上げて「エミといると、なぜかUFOを見るんだよなあ……アッ、あそこにいる！」などと言っていた。祖父が誇大妄想を含む精神疾患持ちで、それを父が遺伝的に受け継いでいたのか？　または、本当に父が見ていたものは、この世のものではない輩だったのか？

こんな環境に育ったからこそ、私の非科学的なものに対する拒否感は強く、加えて民間の物理学者だった叔父のシロちゃんの影響もあって、過去から現在に至るまで、いわゆる「霊」の存在は、特に量子力学の世界から解明できるのではないか？と見ている未だアンチスピ派だ。が、これまでに、科学だけでは説明のつかない、むしろ科学的な裏付けがある中での不思議な現象も多く体験してきた。そのうちのひとつをお話ししよう。

＊

時は遡り、２０００年頃。私は30歳前後だったと記憶している。スコットランドの首都・エジンバラへ、名物の年越し花火大会（というと、日本風だけど。笑）を観に出かけた。エジンバラ駅に降りた瞬間から覆い被さるような重い空気を感じた私は、この時はまだ〝中世の暗い歴史がある街だからな〟と思うだけだった。

ホテルに荷物を置き、すぐに街の中心に広がる旧市街地の散策に出かけた。エジンバラ城にほど近い広場の向かいに『THE LAST DROP─最後の一雫』という名前のバーがあった。聞けばここは、中世の魔女狩り時代から続く歴史的なバーで、店名はこの広場で火炙りの刑に処される魔女たちに、最後の情けとして一杯の酒を飲ませたことに由来するのだそう。エジンバラも、中世ヨーロッパで吹き荒れた陰惨な魔女狩りの暗い歴史を背負う街のひとつだった。

かつての旧市街地と、その外側のエリアを隔てている壁沿いを散策している頃には、北の冬の太陽は、もう傾き始めていた。一見のどかな郊外の風景に差し掛かった時、たとえようもない重い空気を感じた。ふと左手をみるとかわいい一軒家が建ち並ぶ集落があり、気味の悪い空気を払拭したくて無理にはしゃいで2枚ほど、その集落の写真を撮った。どれどれと覗き込んだデジタルカメラには、連続して2枚の集落の写真が写っていたが、ほぼ連続して撮ったのにもかかわらず、後の1枚にフード付きのマントを羽織って、片手にはカンテラをぶら下げて両手を広げている魔女の姿が、白い霧のような様相ではっきりと写っていたのだ。

「…………!!!!」

なんともいえない恐怖が足元から突き上げてきて、その場を走り去ってホテルへ戻った。

それから東京へ戻り、荷解きをしている際に、ふとあの写真のことを思い出してデジタルカメラを確認してみると、2枚撮ったうちの正常な方はそのまま残っているのに、あの魔女らしきものが写り込んだ写真だけが跡形もなく消えていた。私はますます気味が悪くなり、先日のエジンバラでの出来事について、NY在住だった当時の音楽畑での相方Momus（モーマス／スコットランド人ミュージシャン。90年代の渋谷系音楽シーンでカヒミ・カリィちゃんのプロデュースなどが有名）にメールを書いた。私とMomusは『MASHCAT（マッシュカット）』

という実験的な音楽ユニットを組み、東京とNYの遠隔でアルバムを作っているところだった。翌日、NYから届いたメールにはこう書かれていた。

「エミ、そりゃあちっとも驚くようなことじゃないよ。エミが魔女に遭遇したキャノンゲートの外側のエリアは、あまりにも幽霊の目撃例が多いってんで、その一帯を発掘調査してみると、処刑された遺骨がごろごろ出てきたらしい。だから、自然なことなんだ」

スコットランド出身のMomusは、こうした〝自然なこと〟に幼少から慣れ親しんで育ったのだろう。だからだろうか。彼の作る音楽世界は、どこか陰惨で陰のある、暗い中世ヨーロッパの匂いがする。

＊

ところで祖父が旅立った時、葬儀出席のために親類が猫沢家へわんさか押し寄せた。それで、自室を親類の宿泊部屋として明け渡した私は、母から「おじいちゃんのベッドが空いてるから、そこで寝なさい」と言われた。そりゃ空いているだろうよ……ベッドの主が死んだんだから。それにいくらおじいちゃんのベッドだからといって、やっぱり死んだ人がついさっきまで使っていたベッドに寝るのは、なんだか気持ち悪い……そう思いながら祖父のベッドで眠った葬儀の夜、枕元に祖父が立ってこう言った。

「テヘ♡　オレ、まだ死んでねえんだ〜」

第14章 笑いと許しの終末介護

2015年の春、東京。深夜0時過ぎ、仕事をしていた私の部屋に1本の電話が鳴り響いた。近年の目覚ましいデジタル通信の発展により、昼間でも家の固定電話に電話がかかってくることは稀になっていた上に、深夜の緊急となると、どう考えてもあまりいい知らせではない予感が、すでに受話器を掴んだ瞬間からしていた。

電話の主は、母の妹にあたる叔母だった。「ひさしぶり……」と挨拶する間もなく電話の向こうで、当たり前のようにこう言った。

「あのね、明日の朝のお母さんの手術の件なんだけど」

えっ……!? なんの話をしているのかさっぱりわからなかった。母は実家のある白河にいるはずであり、そもそも手術とはいったいなんのことか。私のうろたえた声を聞き、叔母はすぐに事態を把握した。「あーもう! だから私からエミちゃんに電話するって言ったのよ。お母さん、病気のことひとつも話してない?」

叔母の話はこうだった。ひと月前に祖父母の法事に出席するため、家族と共に白河へ帰った叔母は、母にステージ4の腎臓ガンであることをこっそり告げられた。実はその数ヶ月前、なんの前触れもなく大量の血尿が出て驚いた母は、地元の市民病院の泌尿器科で検査を受けたところ、自分がガンであることを知った。予兆も痛みもなかっただけに母はショックを受けたが、それよりもこのことが子どもたちにバレてはマズいと考えたのだという。「は!? そんなのすぐバレるに決まってんのに、なんでまたお母さんはそんなこと……」そう言った私に叔母は、さらなる事実を告げた。

「まさかとは思うけど……お父さんの病気のことも、まだ知らないの？」

は!?

母の腎臓ガンが発覚する、ほんのわずか2ヶ月前、父は真夜中に突然激しい腹痛を起こして、母が検査をしたのと同じ市民病院へ緊急入院したという。そしてわかったのが、やはりステージ4の大腸ガンだった。しかし父の場合、元来大の医者嫌い、薬嫌いに加えて、担当医がまだ経験の浅そうな若い医師で、あの父を説き伏せるだけの人間力など到底持っているはずもなく、あっさりと喧嘩別れとなり、さらなる精密検査をキャンセルして勝手に退院してきてしまったのだそうだ。

「お母さん、お父さんのガンがわかって、それだけでも子どもたちにまた苦労かけたくないって言ってたのに、自分までガンになっちゃって……」姉思いの叔母の声が震えていた。

デタよ……この怒るに怒れない状況。母の無用な気遣いが、事態を悪化させるパターンの最大級のやつが、この締め切り2本も抱えた徹夜ナイトに舞い降りた。100歩譲って、言えなかった気持ちはわかると言ってやりたいところだが、いきなり両親そろってガン宣告される方の身にもなってみろ！　いや、ちょっと待て。今はとにかく母が先決だ。ってか明日の朝、手術って……白河で、ってこと⁇

叔母の話は続いた。地元の市民病院でステージ4の腎臓ガンとわかり、医師にすぐ手術を勧められた母だったが、やはり父と違わず大の医者嫌いな上、ほとんど病院へ行ったことがなかったため、なにひとつ自分で判断できぬまま、ズルズルと手術の日が近づいているような状況だった。その折に、タイミングよく叔母がやってきた。叔母は嫁ぎ先が東京で家族と共に暮らしており、近所に大きな国立病院のある環境だった。たまたま叔母一家が以前よりお世話になっている、そこの泌尿器科に名医がいるというので、叔母はすぐに診療予約を取り、まごまごしている母を白河から無理やり連れてきてくれたのだという。

「お母さん、腎臓を片方取る手術を明日の朝受けるんだけど、どうも血管の上とリンパ節にもガンが広がっている可能性があってね。もしもそうなら、血管の一部を切ってまた繋ぐ、人工心肺を使った大手術になるかもしれなくて……場合によっては、万が一のこともあるって……」

た、大変だ……！　叔母に明日の朝の詳細を聞き、それから上の弟T1にすぐさま電話をかけた。普段はまずかかってこない姉からの深夜電話に、T1も怪訝な声ですぐに出た。そして状況を説明すると特に驚いた様子もなく、いつもの低い声で「……俺たちが、支えるしかないよな」と、ひとこと言った。

問題は下の弟ムーチョだった。その頃ムーチョは、両親の借金問題が原因で猫沢家と縁を切っていたのだった。私たち三姉弟が自立してからというもの、両親はまるで私たちがテイのいいATMだと思っているかのごとく、事あるごとに金を無心していた。両親（特に無心担当の母）は、子ども3人それぞれに違った借金の理由を言ってみたり、態度を変えたりしていたので、姉弟とはいえ、それぞれの立場で多少印象が違うのだが、それでもやはり各自がなかなかの金額を搾取されていたのは事実だった。

バブル崩壊後、父が経営していた不動産会社は事実上倒産し、年老いて財産管理ができなくなった祖母の呉服店の帳簿を開いてみたところ、なんと借金が7000万円（当時の私記憶）もあることがわかった。逆境に立ち向かう気骨などひとつも持ち合わせていない田舎の金持ち坊ちゃんだった父は、現実逃避にひた走ってますます酒浸り、猫沢家の資金繰りはおのずと母にお鉢が回ってきたのだが、これがさらなる不幸の始まりだった。母にはまったくといっていいほど、お金を扱うセンスがなかったのだ。

＊

かろうじて残っていた父の不動産物件のひとつ、実家の呉服店の裏手にあった貸しテナントビル。そのいちばん広い店舗が長らく空いていたのだが、母が誰にも相談することなく勝手に銀行からまた借金をして、ある日突然「お母さんは、今日から夜の蝶になります」と宣言し、アイルランドバー『シャム＆ロック』(Shamrock＝クローバー、アイルランドの国花、ではなく、『シャム【猫】とロック【音楽】』と勘違いしてつけたと思われる)をオープンしてしまった。なぜこのド田舎にアイルランドバーなどというピンポイントな店を出したのかといえば、実はこの少し前から、事情があって父方の従妹とアイルランド人の彼が猫沢家に居候(いそうろう)しており、母はケビン(仮名)がアイルランド人だという理由一発で「これはイケる!」と銀行から多額の借金をし、自らもそこのママさんとして働くことにしたという。そのバーは、長いカウンターのど真ん中にギネスの黒ビールサーバーが1本ついているだけの〝アイルランドバー〟だった。カラオケの機械の前にブタの貯金箱が置かれていて、『1曲100円。よかったら入れてください』というメモが貼り付いていた。よかったら

じゃダメだろ!?　長身のケビンが、無理やり蝶ネクタイにベストのバーテンダー姿にさせられ、

「イラーシャーマセー」

と無表情に連呼しているのを見て、あゝなんて不憫なケビン！と心が痛んだ。その後、店はあっけなく閉店する。原因は、従妹とケビンの勤務態度（もなにもない。だって客がいなかったのだから）に父がケチをつけ、気の強い従妹と店の中で大喧嘩になったため。

「このハゲおやじぃいいいいいいい！」と叫びながら、父のヅラをむしり取った従妹。

〝アワワワワ……ニッポン、トテモオソロシークニデス〟と、思ったであろうケビン。

ふたりは父に勘当を言い渡され、猫沢家を去った。そして後には何百万もの借金だけが残った。この愉快な小話1話分にしては、あまりに高すぎる出費である。

ムーチョの縁切り問題の前、私は私で両親に対し、もう限界だと思う金がらみの問題があった。ある日、母からか細い声で電話があり（母は金の無心をする時、姑息な演技をする。笑）、聞けば、〝父の不動産業のツケの支払いが滞り、ライフラインの《電気、ガス、水道》が止まり、夜は蠟燭の灯りで生活している〟というではないか。これはいくらなんでも捨ておけぬと、不動産業のツケの支払いもできるように、当時私が持っていたなけなしの貯金100万円を母の口座へ振り込んだ。ところがその翌日、父がその100万円を引っつかみ、密かに上京。高級ゴルフクラブセットを買ってしまった……という脱力の事実が発覚。あ――なんかわかる～……100万パーン！って使うと気持ちいいよねぇ～って嘘だろオイ！「だってえ～……お父さん、全然言うこと聞かないんだもん。お母さんがちょっと目を離した隙にいなくなってたのよ」と、母はいつものごとく、テキトーな言い訳をしていたが、ふたりの悪巧（わるだく）みははじめから算段済みだったのだと気づいた時には、すでになにもかもがIt's too late。ライフラインが止まる順番は《電気、ガス、水道》だ。もしも母の話が本当ならば、そもそも電話をかけることすらできないではないか。ヤラレタ……。この時はさすがに私も「この先あなたたちが野垂れ死にしようが、二度とお金は渡さない」と断言し、しばらく実家との連絡を絶った。

上の弟Ｔ１はＴ１で、母思いの優しい性格を利用されまくり、実家の借金返済のため母に動かされるままにカードローンで借金を繰り返し、危うく人生転落一歩手前まで追い込まれた。才覚もないのに猫沢家の金策に翻弄されているうちに、母の金銭感覚と道徳観はこっぱみじんに破壊されてしまい、金の暗黒面に引きずり込まれてしまっているかのようだった。

下の弟ムーチョは、そんな猫沢家の魔のスパイラルから兄を救いたくて、実家の財産管理を買って出た。そしてまずムーチョは、母がＴ１を使って街金から借金するのを阻止すべく「どこの世界に、子どもに向かって〝街金行って金借りてこい〟って言う親がいるんだよ！」と怒りをぶつけた。すると母から返ってきた答えは、

「おまえはどうしてそう頭がカタイの!?　借りられるものは全部借りなきゃダメ！」

だった。たしか昔〝カビは根こそぎ取らなきゃダメ！〟みたいなテレビのＣＭ、あったよな（白目）……あゝいかん！　あまりにも決然と言い放たれると、うっかり正論を言われたような気になってしまうほど、こうした時の母の逆ギレは失笑を通り越し、神がかって見えた。

恋人がサンタクロース……両親が借金ゾンビ……そんな状況にもかかわらず、健気なT1もムーチョも実家に仕送りをやめなかった。しかし、その仕送りも無碍(むげ)に使われることを予想したムーチョは、両親が月々決まった金額しか引き出せないようにして厳しく管理した。ところが酒代欲しさに、父が禁止を言い渡されたカードローンに再び手を出して、その支払い催促がムーチョのところにやってきたことで事態が発覚した。そうして疲れ果てたムーチョは猫沢家と縁を切ったのだった。

*

とまあ、こんな具合だったから、ムーチョが私たち家族の前から姿を消す少し前、電話で「縁を切ろうと思ってる」と告げられた時、当然だと思った。ムーチョにだって家族に邪魔されず、自分の人生を幸せに生きる権利がある。だから引き止めはしなかったが、こうした万が一の緊急事態の連絡ができるよう、私とだけは連絡が取れるようにしておいてくれと頼んだのだ。

電話に出たムーチョに、今しがた叔母から聞いたことをそのまま伝え、「明日、国立K病院に朝8時集合。来るか来ないかはムーチョに任せるよ。でもね、お母さんに会えるチャンスはもしかしたら明日しかないかもしれない。あとで後悔しないように、考えてみて」と言うと、しばしの沈黙のあと、「行くよ」というムーチョの小さな声が聞こえた。

翌朝8時。私とT1、そして6年ぶりに母と再会したムーチョが、東京の国立K病院の一室に集まっていた。ほんの数時間前まで知らなかった、両親がふたりともステージ4のガンである事実。「今まで言わなくてごめんねえ〜」と弱々しく項垂(うなだ)れる母。そして、ムーチョと涙ながらの和解を終えた母は、手術室の扉の向こうへと消えていった。ま、またany……とても怒るに怒れないこの状況。なにはともあれ、ムーチョが猫沢家と縁を戻したことは喜ばしかったが、経済観念ゼロに加え、近年の付け焼き刃で無計画な借金返済のために、入っていたはずの医療保険はほとんど解約してしまっている両親の医療費と介護費用を姉弟の3人でなんとかしなくてはいけない現実が、冷静な長女（私）の脳裏にはすでにチラついていた。

予想されていた血管への浸潤は免れて、母の手術は無事に成功した。ただ、リンパ節にはすでに一部が広がっており、ステージ4で転移の可能性も高い状況に加え、母の腎臓ガンは放射線治療も抗がん剤もほぼ太刀打ちできないと告げられ、当時認可されたばかりで比較的副作用の少ない新しい経口抗がん剤を試してみることになった。

いったいこの先どうなるのか？はさておき、ひとまず母最大の危機は乗り越えた。お次は父だった。先ほどもご説明した通り、父は地元の市民病院で担当医と喧嘩別れしてから一度も病院へは行っておらず、行く気もさらさらなかった。しかし、母が健在ならばいざ知らず、世界でたったひとり父を制御できる母がこうなってしまったからには、放っておくわけにはいかなかった。母は退院後、しばらく病院近くの叔母の家で静養し、それから白河へ帰ったのだが、毎月東京の病院へ定期検診に行くことになった。それでまだおぼつかない母の東京行きを介助するために、三姉弟で白河へ迎えに行くかのように見せかけて、父へ母の病状の深刻さを説明するのと同時に「頼むから今一度、東京のしかるべき病院で検査を受けてくれ！」と頭を下げた。父の病状を把握しておかねば、今後の両親へのサポートも組み立てられない。母のガン宣告の衝撃もあったのか、さすがの父も渋々ながら首を縦に振った。

そうして母と同じ、叔母の家の近くにある国立K病院へ検査入院した父だったが……大変だった。そもそも人に指図されることがなにより嫌いで、本当は気が小さいゆえ自分を大きく見せているだけの永遠の中二病が、大部屋で人様にご迷惑をかけないわけがない。

高い個室を予約して、なんとか無事に数日間だけでも保ってくれと祈っていたのは、病状そのものよりも父の暴走の方だった。はじめは家族がこぞってチヤホヤしてくれるめずらしい状況が嬉しかったのか、さほど機嫌も悪くない父だったが、大腸検査の際にスコープがガンの患部に接触してしまい、それが原因で感染症を起こして、一時は危うい事態にまで陥ってから態度が一変した。今回の東京検査入院計画の首謀者である私を指差して「だから医者なんか信用できないんだ！　おまえが無理やり必要もない検査を俺にやらせたから死にかけたんだぞ！　一生恨んでやる!!」。はーい、どうぞどうぞ～思う存分恨んでくださいな。あんたが今言った〝一生〟の長さを決める話をしてるんだっちゅうの。ただこの時、通常の検査をしただけなのに感染症まで起こしてしまうほど、父の腸は弱っているのだなと実感した。

どうでもいい話だが、この頃、私は私で痔になった(笑)。祖母も父も痔持ちの痔家系だったが、2冊の本を執筆中のところに両親仲良くステージ4のガン告知が打撃となり、疲労とストレスでまんまと猫沢家の痔仲間の一員となった。「痔は、ある日突然に。痔・ある日……」と呟きながら、午前中は自身の痔治療のために消化器科へ。そして午後は父のためにやはり消化器科へ……って親子そろってどれだけシモ運がないのか。

嵐のような父の検査期間が終わり、ついに担当医と、その助手である若い研修医同席で検査結果のカンファレンスが開かれる日。弟たちは仕事で出席できなかったため、父本人と、まだ術後日の浅い母がようやくといった感じで出席し、長女の私も付き添った。まず担当医は、父の大腸ガンがすでに腹膜、肺と肝臓の一部にも転移していることを告げ、このままだと余命６ヶ月と宣告した。その上で、父は手術とその後の化学療法を勧められたが、さも考えるいとまはないといった矢継ぎ早な調子で「手術、他の化学療法を含む一切の治療を断る！」と宣言した。それを見た母が「も〜〜……お父さんたら、そんな急に決めつけないで、もうちょっと考えてみたら?」と、半泣きで父を説得しようとしているのを見て主治医は言った。

「奥さまもこうしてご心配されていることですし……もう少し、ご家族のことを考えて再検討されてみるのはいかがでしょう」

するとと父は、目の覚めるような一撃を放った。

「は!? 俺は生まれてこの方、一度たりとも家族はおろか、他人のことなど考えたことはない!!」

〝よっ！　天晴れ。いや〜ここまではっきり正しいこと（父に関してのみ）を言われると胸が空くわぁ〜〟が、正直な感想だったが感心している場合じゃなかった。あっけに取られる担当医と研修医。そして父と医師のさらなる攻防は続いた。じっと検査画像と担当医を睨みつけていた父が「今、俺の余命が６ヶ月だってあんたは言ったが、もしも手術しなかった場合、最後はどうなるのか教えてくれ」と言った。すると担当医は「おそらくですが……腸閉塞が起きる可能性が高く、その場合は非常に苦しい思いをされることが予想されます」。そう言われた直後、先生の横に座っていた研修医の若い男性に向かって、父が「おい！　そこの！」と急に指差した。

「おまえ、ロープ持ってこい！」

「え……？　ロ、ロープ？　なにに使うんですか？」

「今、こいつ（担当医）が手術しなかったら余命６ヶ月で、苦しみながら死ぬって言ったよな？　じゃあ、今すぐここで首吊って死んでやるから、さっさとロープ持ってこい!!」

ここでレフリー（私）のストップが入った。

「は〜い！　お父さん、そこまで〜。先生、ここまで本当にありがとうございました。ご覧の通り、常識がまったく通用しない人ですから、あとは検査結果を持って地元の先生と相談してみます。大変お世話になりました」

まるでドリフのコント顔負けのカンファレンスだった。しかし、父が担当医に言ったのは失礼千万なセリフだけではなかった。助かってと泣きじゃくる母に向かって言ったこと。

「ガンはビジネスなんだ！　希望のない治療に一度手を出せば、後戻りできなくなって多額の負担が家族に降りかかる。俺はそんなのイヤなんだよ！」

父はお金のことで私たちに一度たりとて頭を下げたりしたことはなかったけれど、ずっと気に病んでいたはずだ。自分たちの代までの無計画な借金が、子どもの私たちにどれだけ負担を強いていたかを。極端な照れ屋でコミュ障の父の口から家族を思う気持ちを聞いたのは、これが最初で最後だったが、聞けてよかったと今でも思う。それから父は、「ひでえ目にあった」と言いながら東京の病院を後にしたが、白河に向かう足取りはなんだか楽しげに見えた。

父に以前、人生の終わりについてすごく核心をついた質問をしたことがある。「いて当たり前の大事な友達がどんどん亡くなって、最後に自分だけが残ったら、どんな気持ちがするんだろう」と。すると、親友3人をもう亡くしてしまっていた父は「正直、もうあんまり生きていたくないよな。つまんねえんだもん」と言った。父がガンの手術と積極的な治療を拒んだのには、先に旅立った親友たちの死に様も影響していた。病院で管に繋がれたまま個性を失っていく彼らを見て、気の小さな父はどれだけ衝撃を受けたのかと想像する。地元の市民病院でガンの宣告を受けてから、父はガンに関する医療書を片っ端から読み漁った。そして、自身の経験や哲学も踏まえて一切の積極的治療を受けないことを決めたのだった。そんな父の最後の願いは「旅行も贅沢も散々したからもういい。家に帰って、昨日と変わらず好きなように過ごしたい」だった。その言葉通り、父は医師が下した余命半年の4倍の長さを実家で穏やかに過ごした。亡くなる1週間前が最後の外出だったようだ。足がふらつく父を気遣って母は車椅子を用意していたが、「そんなもの、恥ずかしくて乗れるか！」と突っぱね、三つ揃いのスーツにハンチングを被り、杖をついて出かけたそうだ。

実家の近所に暮らしている叔父が、運よく終末医療専門の医師をしていて、父の緩和療法を安心して任せることができた。そして、心配されていた腸閉塞も起こらぬまま、２０１７年11月16日、母ひとりに見守られて永眠した。サン＝テグジュペリにあそこまで似ていたら、天国の門の前で〝あ、あんたはここじゃなくてＢ６１２（星の王子さまが住んでいる星）だから、あっちに行きな〟なんて言われるかもしれない。

＊

父亡き後の母の変容については予想外だった。生前は、まるで猛獣の闘いのような喧嘩を繰り広げていた父に対して急に乙女になってしまい、夜空を見上げながら「お父さん、お母さんのこと、見ててくれるかな？」などと不気味なことを言い始めた。母は、父の暴挙の最大の被害者だったのにもかかわらず、見送ったとたん、手のひらを返したように父を賛美し始めたのは、今振り返ると、自分の人生も残りわずかとどこかでわかっていて、父を許す必要があったからではないかと思う。

東京に来ないかという私たちの誘いを断り、白河の実家でひとり暮らしを始めた母だったが、しばらくしてガンが再発し、最終的にはムーチョと同じ、東京・柴又のマンションの一室へ引越して、最期の一呼吸はムーチョ、姪っ子のメイコ、そして私が立ち会えた。

しかしその後が、とんでもなく大変だった。母が逝去した2019年10月11日の朝は、記録的な被害をもたらした令和元年東日本台風が、まさに北上中だった。母の希望は、実家のある白河での葬儀だったが、すでに各地で台風の影響による交通混乱が起きており、地元の葬儀社に霊柩車を依頼することは、とても間に合いそうになかった。「俺たちで運ぼう！」という案が持ち上がり、急ぎ区役所で死亡届の受理証明書と火葬許可証を取って、ムーチョの自家用車の後部座席に保冷剤で包んだ母の遺体を乗せ、北へ向かって東北自動車道をひた走った。車内の冷房を最強マックスにして。ムーチョは愛犬ちくわを着込んだダウンの中に入れていたが、それでもちくわの震えが止まらないほど寒かった。乗せているのが母なのだから、そんなことを言っている場合ではない。母の遺体は、辛くも台風が白河を通過する数時間前に実家へ到着し、待ち構えていた地元の葬儀社の人たちと、簡素なお通夜の祭壇も作り終え、無事に安置することができた。ところが翌日の通夜の夜、大雨特別警報により白河市全域に避難勧告が発令された。私と弟家族はここまで3日寝ておらず、朦朧とする頭で「ねえ……避難所って、親の遺体も一緒に行っていいのかな？　二人羽織で行けばバレないかな？」などと、おかしなテンションで笑っていた。しかしまあ、最後まで嵐を呼ぶ女だこと。

葬儀の翌朝は、台風の爪痕が市内のあちこちで見られたが、母が「自分で取り仕切る」と最後まで言っていた父の三回忌法要の日は、なんとか母の葬儀へと代わった。「お父さん、お母さんを自分の三回忌にかっさらっていったね」と、私たちは話していた。

終末医療の最終段階である、意思の疎通ができなくなる強い痛み止めを点滴する前、母のところへ大切な人たちが全員駆けつけて、彼女の最後の言葉を聞いた。

「天国からおもしろメール、送るから〜」

これが母の辞世の句だった。あんまりにも母らしくて、人生一、ウケた。

母の最終介護期間は、私とふたりの弟たちにとって、猫沢家の苦難の歴史の集大成でもあった。発覚し続ける隠し借金や、私たちが知らなかった母の蛮行、親類との揉め事

ｅｔｃ．……闘うべきはガンという病気であるはずなのに、母がこれまでの人生で責任を取れなかったことの尻拭いで、私たちのエネルギーが60％削がれた。そんな、母が逝ってしまうことを純粋に哀しめない哀しみで、私たちは疲弊していた。そんな時、弟たちに向かってこう言った。「親が生きている時に許せ。じゃないと永遠に許せなくなる。この許しは親のためじゃなく、残された私たちが悔いなく光ある方角へ向かって、これから生きていくための許しだよ。自分と繋がっている親を許せないってのは、自分の一部を永遠に許せなくなるってことだから」と。

財産放棄や口座の閉鎖など、山のような〝人間の存在がこの世界から消えた後の手続き〟をこなし終えた頃には、もう母の一周忌がやってきて、それから世界は未曾有のコロナ禍というパンデミックへと突入した。気がつけば母の三回忌が済んで、私も長い猫沢家・長女としての役割を終えようとしていた。父と母、ダブルのガン宣告からここまで6年が経っていた。この間、下の弟ムーチョ、ついで上の弟Ｔ１が結婚し、生前の両親に幸せな姿を見せるという親孝行をしていた。猫沢家という子どもが成長するには過酷な環境下で、どうしてこのふたりがきちんとした人間に育ったのかは長らく謎だったが、とどのつまりはこんな家だが愛はあった、これに尽きるのだろう。

＊

2022年2月14日。日本での山脈のような手続きを4ヶ月で終え、持っていた東京のマンションを売り払い、私はパリへ降り立った。51歳でのフランス移住の決心には、私の中の猫沢家との訣別の意味もあったはずなのに、うっかりこんな家族話をパリで書き始めたら、あっちの世界に行ったはずのキャラの濃い面々が蘇ってうっとうしい。でもひとつ、はっきりとわかるのは、みんな私の移住を面白がっているってこと。

ほら、今日もキッチンの窓から見えるパリ最大の精神科病院の高い壁の上で、おじいちゃんが白い褌一丁で笑っている。

第15章 半分閉じたカーテン

実家のある白河の国道沿いに並ぶ、ファミリー向けのレストランのひとつ《肉の万世》で、下の弟ムーチョとハンバーグを食べている時だった。当時私は26歳、ムーチョは二十歳前後の若かりし頃。この時も、面倒な実家の問題を片付けにふたりで帰省し、東京に戻る前に腹ごしらえしようとやってきた《肉の万世》で、解決の糸口など見つかりようのない問題について、あれこれ話をしていた。なんの拍子だったか、私が母の実子ではないことに

触れ、ごく当たり前の口調でこう言った。

「ほら私、お母さんの本当の子どもじゃないじゃん？」

ガシャ―――ン!!……

次の瞬間、夕食時で賑わう万世のだだっ広い店内に、衝撃のあまりムーチョが思わず皿に落としたフォークとナイフの打撃音が響き渡った。ぽっかりと口を開けて呆然としているムーチョだったが、この年齢まで弟が知らなかったことを知って驚いたのは、むしろ私の方だった。

実母と父が離婚した時、私は1歳前後だった。実母は若かりし頃、東京で芸能関連の仕事をしており、その後は白河でバーのママをやっていた。そこに客として訪れた父が恋に落ち、結婚して私が生まれたが、根っからの自由人だった実母は家業の呉服店の若女将になるには難ありで、結果、ふたりは別れた。ここまでが、父から聞いた離婚の概要だった。

親権を取った父側で私は育てられることになり、猫沢家に残ったものの、祖母は呉服店の女将業で忙しく、日中は〝こどもの家〟という幼児のための託児園に預けられていた。昭和40年代の田舎では祖父母も含めた大家族構成が中心で、家の中に誰かしら子どもの面倒を見てくれる人がいることが多かったなか、それでも預けねばならない事情の家の子どもたちが、そこには集まっているという印象が強かった。

その〝こどもの家〟に、たびたび私を訪ねてくる人がいた。今思えば、エキゾチックな顔立ちの、鼻にかかる甘くきれいな声の若い女性だった。園長先生に促され、その見知らぬ女の人に会う時、私はなぜかいけないことをしているような気持ちになり、加えてその人が「エミちゃん、覚えてる？　私が本当のママなのよ」と、泣きながらすがりついてくるのが意味不明で怖かった。子ども心に異常な雰囲気を察した私は、ある日、園から戻ると、このことを家族に話した。すると空気が一瞬ざわついて、（育ての）母は、「その人はね、お母さんがエミちゃんを産んだ時、病院で同じ部屋にいた人なの。かわいそうに赤ちゃんが死んじゃって……エミちゃんのことを自分の子どもだと思ってるの。だから、もしもまた来たら、優しくしてあげてね」と言ってにっこり笑った。今振り返ると、嘘つきだった母の一世一代の名演技だったと思う。

それから少しして、その人が大きな段ボール箱いっぱいに、他の子どもたちのぶんまでおもちゃを持って園にやってきた。そして「エミちゃん、今日が最後よ。ママは遠くに行くから会えなくなるけど、私のこと覚えていてね」と言った。それが生前、私が実母に会った最後だった。４歳と記憶している。

という話を、すっかり冷めてしまったハンバーグをつつきながらムーチョにすると、優しい弟は姉の複雑な幼少期をことのほか不憫に思ったのか、「俺の友達に探偵がいるんだけど、そいつに話してエミちゃんの実母方の親戚のこと、調べてもらおうか？」とまで言ってくれた。しかし、すでに過去（私がこの事実を、うっかり滑らせた祖母の口から聞いた14歳当時）に葬り去った感情だったし、今更ジローな過去を掘り起こしても……というのが正直な気持ちだった。

その後、だいぶ経ってから実母方の親戚について、ムーチョ自身が自分で調べられるだけ調べたことがあり、実母が眠る菩提寺らしき寺を突き止めるところまではいった。しかし、それ以上のことは、すでに母から聞いていた〝種違いの妹の存在〟が真実だ、というだけだった。ムーチョの考えでは、実母は旧姓のまま墓に眠っているので、旧姓を菩提寺で名乗れば墓がわかり、せめて墓参りくらいはできると。それで、正月帰省で実家に帰った際、母に勘づかれないように、ふたりで示し合わせて家を抜け出し、菩提寺に向かった。しかし生憎、先代の住職がこの前年に亡くなっており、その代の檀家については、すでに資料が蔵の中なので調べるのに時間がかかる上、現住職は不在だった。仕方がないので、実母の旧姓のつく墓に片っぱしから花と線香を供えて、念仏を唱えながら巡った。正月の薄ぼんやりとした寒空の下、どこからどう見ても出稼ぎ外国人のようなバタくさい顔の姉弟が、大量の献花を抱えて墓地をぐるぐる巡っているのは異様な光景と見え、何組かの参拝者に事情を聞かれ、そのたび、涙を誘うようなテキトーな演技をしているのが妙におかしかった。

実の妹と、母方の家族に会うことになったのは、父が逝去した1年後の2018年だった。この少し前、最終的に友人の探偵を使ってムーチョが調べた母方の家族とその家族史に、実はムーチョ自身が関わる事実も見つかった。なんとムーチョの中学時代の親友は、私の実母の妹、つまり叔母の息子だったのだ。田舎ならではの狭い人間関係とはいえ、あまりにも灯台下暗しだ。つまりムーチョは何も知らずに、姉と血の繋がった友達と一緒にいたことになる。それは無意識の選択なのか、血の匂いによるものなのか。

50歳を目前にしていた私は、まさかこの歳になってから、ずっと閉じられていた人生のカーテンの半分が開くとは夢にも思っていなかった。何度も想像した、母方の家族との初対面。その場所は母が暮らした家なのか？　私は母の仏前で泣くのだろうか？　そして、こんなに長い時間、離れて生きてきた姉と妹が、今からわかりあえるのだろうか？　そして母方の家族は、父や猫沢家を恨んではいないだろうか？　カーテンの半分は、私が猫沢家の長女として生きていくため、遠い過去に開けないと決めた、闇の部分だった。葬り去られていたはずのさまざまな感情が蘇り、再会の日が近づくにつれて、私の精神状態は不安定になり、人が行き交う繁華街のど真ん中で、突然泣き崩れたりする有様だった。

*

ムーチョのオーガナイズで設けられた会合の場所は、新幹線の新白河駅にある、落ち着いた雰囲気の喫茶店だった。ムーチョ一家と共に車で白河に向かった8月11日は、お盆の帰省混雑が予想されていたので、日も昇らぬ早朝に出かけたのだがこれがアダとなり、見たこともないような高速道路の大渋滞に巻き込まれてしまった。動かぬ車の列に業を煮やして「一般道へ逃げてみようか……」そんな話をムーチョとしていた次の瞬間、後ろからものすごい衝撃に襲われて、私たちの乗った車は、あっという間に東北自動車道の玉突き事故に巻き込まれてしまった。徹夜のまま友人の車を借りての遠出中、居眠り運転でアクセルを踏み込んでしまった会社員が加害者だった。ムーチョの車と、その前にいた2台の車を巻き込む大事故だったが、幸いなことに私たちの怪我は鞭打ち程度で済んだ。ところが通常、交通事故の中では軽症とされる鞭打ちが、この時の私にとっては凶器だった。この事故の3ヶ月前、首から下が全不随になる可能性もある重度の頸椎ヘルニアと診断され、緊急手術を受けていた私は、首の骨にインプラントを打ち込む辛い手術とリハビリを乗り越え、順調に回復しているところだったのに！

緊急搬送された事故現場近くの病院で、ガッツリギプスをはめられた私はムーチョに呟いた。「まさか……今日はもう、K家の人たちには会わないよね？　なんか……妹と会う日に事故に巻き込まれるなんて……お父さんの呪いかな？」するとムーチョが、まるで意を決したかのように「いや、会う！　今日、会わなくちゃダメだ!!」と言った。それ以上、説明は要らなかった。この前年、大腸ガンで亡くなっていた父の呪いの払拭と不憫な姉の新たな人生の門出を、この〝もしもインドカレーが人間だったらきっとこんな顔〟みたいな弟は願っているはずだった。

寝不足の上に負傷者というハイパー最悪コンディションだったが、素で圧の高い顔ふたつにギプスのペアルックで会いに行ったら、向こうは腰を抜かすだろうということで、ギプスなしで向かった約束の喫茶店にいたのは、叔母と、私の従妹にあたる叔母の長女と、そして妹だった。私の人生の半分に覆い被さっていた黒いカーテンの向こう側にいる人たちが、現実に目の前に並んでいた。老いてなお、眼光鋭く強い意志を感じる叔母の姿から血筋を感じたが、肝心の妹はまったく似ておらず、ちょっと面食らった。さらに、差し出された生前の実母の写真を見て〝知らない！　初めて見る顔だ〟と思った。確かに幼少期の〝こどもの家〟で実母には会っていたが、私はあまりに幼すぎて、覚えているにはあまりに遠く、昔すぎた。

先にも述べたとおり、これまで幾度となく繰り返してきた〝実の妹とその家族との邂逅〟は、私の定番妄想だったゆえ、この時は柄にもなく緊張していたのだが、妹の「あ、ワタシ、エミさんがメジャーデビューした時からずっと追っかけてて、ぜんぜん知ってますよ。ちなみにインスタもフォローしてます♡」っていう、拍子抜けするようなアッケラカンとした告白で、一気に空気が和んだ。あはは一……なぜか頭の中が昭和でストップしてたけど、今の時代、SNSでなんでもわかっちゃうよねーって、逆にSNSで親類を見つけるなど時代にマッチングした手法を、なぜ使わなかったのか？　こっちの方が謎だ。

妹が私の存在を初めて知ったのは、1996~2001年にフジテレビ系列で放送されていた『LOVE LOVE あいしてる』という音楽番組に、一時期、パーカッショニスト兼コーラスのひとりとして出演しているのを見たことだと言う。当時私は、日本コロムビア所属のシンガーソングライター、ミュージシャンで、97年から約3年ほど、この番組のバックバンド『LOVE LOVE ALL STARS』のメンバーだった。この時の妹の感想は「あ！ホントにお姉ちゃん、いたんだ」だそう（笑）。話に聞いてはいたものの、実在する姉が、誰もが知っているビッグスターと一緒に歌っているのは、まだ小学生だった妹にとっては、大変わかりやすい姉の生存確認であっただろう。実は当時、私は私で〝ゴールデン番組に出ていたら、母方の親類の誰かが見てくれるかもしれない〟と考えたりもしたのだが、実母がすでに逝去していることは知っていたので、母亡き今、誰が私と会いたがるだろうか……とも思っていた。まさか妹が見ていたとは。そして、全国番組に出て家族を探す番組みたいなことが、密かに自分の身に起きていたと考えると、なかなか面白い。ちなみに妹が大人になってから、白河に帰省している私を町中で何度か見かけて、声をかけようかと迷ったらしいが、私が妹の存在を知っているのかわからず、躊躇してしまったそうだ。

そんな妹は、私とは似ていない、というよりも系統（国籍？）が明らかに違っているが、スッとした面長の美人で、お父さんも美男子だったことをうかがわせた。そしてなによりもまず、若い（私より16歳下）のに肝の据わり方が深く、彼女もいろいろ乗り越えてきたことを直感した。しかし、飄々と語り始めた妹のこれまでの歴史は、苦難標準指数猫沢家の私の想像を軽く超えてくるものだった。

妹の3～4歳当時の記憶。そこは、タバコの煙が充満する団地の一室で、ギャンブル依存症でパチンコ漬けになった実母に、妹は半ば育児放棄されていた。一方で困った人や仲間には優しかったという実母は、再婚した夫（妹の父親）の浮気が原因でギャンブル依存症に陥ったのではないかという。父親は、自称・経営コンサルタントで、全国各地を巡る出張の多い人だった。色男で浮気の噂が絶えなかった父親に母は神経をすり減らし、妹が10歳の時、若くして胆管ガンで亡くなってしまった。母逝去後、ますます家に寄り付かなくなり、失踪状態だった父親が倒れたと、愛人とその子どもから連絡が来たのは、彼女が19歳の時だった。その後しばらくして父親は亡くなった。14歳で、現在の叔母の家の戸籍に養女として迎えられていた妹が、亡き父親の死後の手続きのために戸籍謄本を取り寄せてみたところ、とにかく尋常でない回数の移転を日本全国津々浦々で繰り返しており、妹曰く「お父さん、詐欺師だったんじゃないかと思ってて」。そう言ってコーヒーを啜った妹の笑顔に、過去を引きずるような陰がなかったのは、夫を早くに亡くして自身も苦労しながら、妹とふたりの子どもを育てた叔母と、受け入れてくれた従妹たちのおかげだと、しみじみ感謝した。

妹の人生を支えてくれた功労者がもうひとりいる。荒れた生い立ちゆえ御多分に洩れず、妹も高校時にグレ始め、いわゆるヤンキーに一度はなったものの、現在の旦那さんであるY君と出逢い、若くして結婚。現在も仲良く幸せに、庭付きの広々とした家で猫3匹と共に暮らしている。「うちらのお母さんって、ほんっと、男運なかったと思うんですよね〜。面食いで、惚れっぽくて、摑むのはみんなダメ男、みたいな。ワタシから見たら、父も母も欲望に忠実な人たちでしたね〜。子どもは二の次っていうか、親には向いてなかった人たちっていうか」。その日の夜には、妹と従妹と3人のＬＩＮＥトークルームができており、真実を知ってから34年も考え続けたあの時間はなんだったのか?と言いたくなるほど今っぽい、カラリとした新しい親戚付き合いが始まった。

コロナ禍も第六波へ突入した２０２２年1月中旬、私は白河へ向かう東北新幹線の中にいた。移住のための渡仏前に、母方の親類と会っておきたかったからだ。この年の白河の冬は寒く、この日も夕方から雪が降り始めていた。一度は体調を崩したものの、その後回復した叔母も、姉代わりに妹を支えてくれた従妹も、そして妹もみな元気だった。彼女たちが堅実に生きてきた証のような、質素だけれども、手入れの行き届いた公団の一室を出ると、あたりは夕闇前の青い空気に包まれていた。

「開けたな、カーテン。開けてよかった」

そう呟いて、感じたことのない心の明るさに照らされながら、故郷を後にした。

あとがき

そこに愛はあった

稀代の名エディターだった川勝正幸さんが、不慮の火災事故で亡くなる数年前、東京・勝どきの居酒屋で、あたりめをかじりながら「エミちゃん！　今の話、めちゃくちゃ面白いけど、すぐ出しちゃダメだよ。あんまりにもキョーレツで、これ以降のイメージが全部奇人カテゴリーになっちゃう！」とアドバイスを頂いた（笑）。〝今の話〟とは、まさにみなさんがお読みになった、猫沢家の数々のエピソードである。こんな感じで私の家族の珍話は、昔から友人との酒の席のいい肴だったし、繰り返し話して、一緒に笑えば笑うほど、子ども時代には完全消化できなかった心のわだかまりが、フッと成仏するような気がしていた。

川勝さんの心配をよそに、その後しばらくは、我が家の珍話が世間に出る機会もなかったが、パリ移住に向けて動き出した２０２１年の春頃、集英社の熱血編集者・今野加寿子氏と出逢い、初めて顔を合わせた日の夜に、彼女とジェットコースターに乗る夢を見た。

ほぼ垂直でコースターが落ちるその瞬間、横に乗っていた今野さんの顔が狂喜の笑みを湛えているのを見て、「よし、この人とやってみよう」と心に決めた（実話）。とはいえ、まだその時はなんのテーマも見つけておらず、パリにこれから戻るのだから、小洒落たエッセイなんかを書く可能性もあったのだが、うっかり出してしまった試し書きのつもりの「第1話」に今野さんが「いい！」と膝を打ってしまい、ついにパンドラの箱が開いたというわけだ。

移住間もないパリで書き始めた連載だったが、自分の中ではとっくの昔に語り尽くされた、思い出すだけで疲れる家族の話を振り返らねばならないことが当初は憂鬱だった。ところが3話目あたりから、書く行為で自分が癒されていることに気がついた。これは連載の思わぬ効能だった。

「家族」という、血の繫がった人間の最小グループの呼び名は、いつの間にかたくさんの理想や夢を押し付けられ、〝良い〟という透明な冠詞がつくに至った。人間、ひとりひとりが滑稽なほど不完全であるというのに、なぜか「家族」単位になれば、強力な一個体として、すべての夢が叶うかのごとくイメージされるのは、「家族」に課せられる願いの強さを表しているように思うのだ。

近年日本で起こる家族間での陰惨な事件などを見ていても、その背景は貧困や教育不足といったネガティヴな理由だけにとどまらず、むしろ一見、完璧に見える幸せそうな家族にこそ、より根の深い問題が横たわっていると感じる。収入、社会的立場を守ることでしか「家族」を守れないと思い込んでしまっている人たちは、ふと気づけば空っぽの箱に、血の繋がりこそあれど意思の通じない家族という人形を配置して、自らも満たされない空虚な思いを抱えつつ、〝幸せってなんだっけ？〟と自問する。

そんな「家族」とはいったいなんなのだろう。血の繋がりという抗えない事実の他に、本当は何ひとつ決まった形などない。だからこそ、もしもそこに愛がなければ、家族という集団はあっという間に意味を失う。個々の精神的な視点からしてみれば、生物としての血の繋がりだけで家族と呼ぶにはあまりにも心に足りない。血の繋がりよりも、共にした時間が生む愛の存在こそが、唯一、家族と呼べるかどうかの条件ではないだろうか。

猫沢家は、世間一般で言われているような「家族」ではなかった。それゆえ、やはり世間一般で言われているような「理想の家族」という押し付けも、この家には存在しなかった。祖父、父、という家族内のポジションを表す呼称も、たとえば小学校のクラスの係（植物係とか、給食当番とか）を割り当てられて、致し方なくやっているようなもので、祖父や父という呼称の手前に、まず剝き出しの彼らが不完全なまま生きている、というイメージしか持てなかった。そんなわけで小学生の頃、国語で自由課題の作文が出されると、クラスの大半が「お父さんのこと」「お母さんのこと」という題で書いてくるのに内心驚いていたし、私が作文で家族のことを取り上げたことは一度もない。物書きとなり、50歳を越えた現在でも、あの一家に日常起きていたことをうまくまとめるには力が要るというのに、小学生の思考能力と文章力で、風呂が爆発してヅラが散乱する、あの「家族のこと」をどう書けばよかったというのだろう！

家族の理想像がない家で育った私は、祖父や父が仮の呼称でしかないのと同じく、私自身も一個体の「エミ」でしかなく、そこには呉服店の長子だからとか、女だからという文化習慣からくる押し付けもなかった。それは、私が感性を伸ばしていくにはむしろ邪魔なものがない好環境で、結果、私はミュージシャンになった。世間一般で言われる「あんたは女の子なんだから、早くいい人見つけて結婚しなさいよ」と母に言われたことは一度もなく、「これからの時代は自分で生きていけるよう、手に職を持たなきゃダメ。じゃないとお母さんみたいに、あんなお父さんと一緒にいるしかなくなっちゃうんだから」というのが口癖だった。そもそも母にとっては、他人の子を育てていたわけで、それだけでも昭和40年代の日本の田舎町では、相当マイノリティーな立場だったろう。

上の弟T1が高校生の時、そんな母が真剣に相談を持ちかけてきたことがあった。聞けばT1と同じクラスのHくんが、たった一度、ご両親に手をあげたという。驚いたご両親が警察に通報し、精神障害を疑われたHくんは病院へ送られた後、薬でロボトミー手術後のようになり、自分が誰かもわからなくなってしまったと。Hくんは成績優秀で東大は確実と囁かれていたし、ご両親もうちとは比べようもないほど真っ当だったのに、その正しさがHくんを壊してしまった。「その子を引き取りたいのよ」と母は言った。いくら引き取りたくても、現実には両親そろって健在なHくんを我が家に迎え入れるなどということは絵空事だとすぐに思ったが、私は母の純真に向かって、「いいと思うよ」と言った。そこに見えたものは、他人の子を愛すという葛藤を経て、博愛を獲得したひとりの女性の姿だった。母の博愛は、生涯精神疾患を持ち続けた祖父への温かなまなざしとなって注がれ、母が父と結婚して猫沢家に入る前には誰もいなかった、バラバラな個々のメンバーを繋ぐ唯一の糸となった。「ここんちにお嫁にきたとき、びっくりしたのよ~。誕生会も、クリスマスも、なーんにも行事がなかったんだから」と語った生前の母は、事あるごとに宴を企画し、時にはそれだけのために手の込んだ衣装まで作る熱心さだった。一般的なサラリーマンの愛ある家庭で育った母は、その普通の愛を猫沢家に持ち込んでくれた功労者だった。その後、母が猫沢家のダークサイドに引き込まれ、どんなに常識や金銭感覚を失っていったとしても、その愛は変わらなかったと私は信じている。それでなければ、子どもが育つにはあまりに過酷な環境の猫沢家で、ふたりの弟たちと私が真っ当に育った理由が見つからない。

つまり、愛はあったのだ。あんな家でも、あんな親でも、どんなにそれがいびつで奇妙な形をしていようが、そこに愛はあった。

家族の思い出を弔うきっかけをくださった前出の今野さん、現在の担当編集者・平本千尋さんに、この場をお借りして感謝を申し上げます。『猫沢家の一族』刊行にあたり、眉をひそめるどころか嬉々としてネタを提供してくれた弟たちとその家族。実母方の叔母と、従妹たち、そして人生の折り返し地点でやっと会うことができた妹に、遠い海の向こうから愛を込めて。

2023年9月　パリ13区の氷屋通りにて

猫沢エミ

ミュージシャン、文筆家。2002年に渡仏、07年までパリに住んだのち帰国。07年より10年間、フランス文化に特化したフリーペーパー《BONZOUR JAPON》の編集長を務める。超実践型フランス語教室《にゃんフラ》主宰。著書に料理レシピエッセイ『ねこしき　哀しくてもおなかは空くし、明日はちゃんとやってくる。』『猫と生きる。』『パリ季記　フランスでひとり＋1匹暮らし』『イオビエ』など。
2022年2月に2匹の猫とともにふたたび渡仏、パリに居を構える。

装丁　若井夏澄（tri）
装画　北村人

猫沢家の一族

2023年10月31日　第1刷発行

著者　猫沢エミ
発行者　樋口尚也
発行所　株式会社 集英社
〒101-8050 東京都千代田区一ツ橋2-5-10
電話　編集部 03-3230-6143
読者係 03-3230-6080
販売部 03-3230-6393（書店専用）
印刷所　TOPPAN株式会社
製本所　株式会社ブックアート

ISBN978-4-08-788091-5 C0095